王小柔

十面包袱

王小柔 著

人民文学出版社

图书在版编目（CIP）数据

十面包袱／王小柔著．—北京：人民文学出版社，2012
（妖蛾子：珍藏版）
ISBN 978-7-02-009085-3

Ⅰ．①十… Ⅱ．①王… Ⅲ．①随笔－作品集－中国－当代 Ⅳ．① I267.1

中国版本图书馆 CIP 数据核字（2012）第 047136 号

责任编辑　陈彦瑾
责任设计　李思安
责任印制　李　博

出版发行　人民文学出版社
社　　址　北京市朝内大街166号
邮政编码　100705
网　　址　http://www.rw-cn.com

印　　刷　北京季蜂印刷有限公司
经　　销　全国新华书店等

字　　数　159千字
开　　本　889×1194 毫米　1/40
印　　张　5.65　插页11
印　　数　11001-14000
版　　次　2012年9月北京第1版
印　　次　2013年12月第3次印刷

书　　号　978-7-02-009085-3
定　　价　22.00元

如有印装质量问题，请与本社图书销售中心调换。电话：01065233595

还想拉起你的手

(自序)

这是一个闷热的秋天。多日前西瓜就涨价了,因为立秋。我不知道立秋以后的日子算不算是秋天的开始,那热浪来得比夏天还要滚烫。我大汗淋漓地坐在秋天的闷热里,蚊子在我的腿上不停"咬秋",让我每敲几个字就不得不停下来挠几下,或者把俩腿往一块儿蹭蹭。

2007年,这是经不起推敲的一年,我过得很恍惚。除了上班,所有的日子几乎都待在海边,从一个冬天到另一个冬天。很多人惊讶地问我,天津有海吗?天津的海能看吗?

也是从那个冬天开始我才知道,我离海那么近,才知道浅滩上飞着那么多白色的海鸥。一个朋友把车开到堤岸上,然后说,咱们捡贝壳吧。我想着自己的心事,并没有听到她说什么,只是摇着头,车窗外刮着寒风。后来我一个人静静地坐在车里,看那个朋友笨拙地在结了薄冰的石头上跳,我大声喊:"你是想拣金戒指吗?"她头也不回:"拣了都归你!"我放声大笑。再回来的时候,她手里捧着长得都差不多的贝壳和几个很大的海螺。我惊讶地接过来,她趁着我的高兴劲儿,快人快语:"没准儿谁吃完了扔这儿的。"让我立刻没了兴致,真还不如拣几个塑料瓶子回去实惠。

后来她独自坐在堤上。我问:"咱走吧?"她还挺拧,说:"再等会儿,看能拣点儿嘛。"还拣上瘾了,我打算把我钱包扔地上。这时候,远处有几个小黑点儿往这边移动,我眯缝着眼一看,好像是渔民回来了。我大喊:"劫吗?"她白了我一眼:"就你?把自己锁车里老实待着吧。"我只好照她说的做了,闷得我直冒汗。黑点儿越来越近了,一拖拉机鱼,那些鱼在网里蹦,坠得车都开不上岸了,得几个大小伙子下去推。左一车右一车,看得我倍儿兴奋,长那么大没见过那么多鱼。车过得差不多了,我那朋友又在滩涂上蹦开了,估计拣金戒指的瘾还没完。"来个塑料袋!"手印都按车玻璃上了。我抓了个垃圾袋下车,猛地,看见她手里攥了两条活蹦乱跳的鱼。天啊,再看泥巴里,掉了那么多。那朋友边拣还边叨叨:"要是螃蟹好了。刚我看一车大的,那人太小气,倒霉孩子护食,也不说把网子豁大点儿口儿,我追半天,一条大鱼也没掉出来。"那天,我们拣了整整一脸盆的海梭鱼,都把我给吃顶了。

守株待兔的收获很多。

2007年的情人节,我拼完版,几个没情人管的主儿一对眼神儿,等着一起下班。我找老徐要了几张电影票,电影名字我还记得,叫《博物馆奇妙夜》。我们的队形是这样的,猴子作为一个中年男人走在第一个,我们三个毫无姿色的中年妇女尾随其后,还都手拉着手,并且因为拿到了免费的票一边走路一边悠起了胳膊。看见一个熟人跟猴子打了招呼，并把身边的老公介绍给猴子。对方礼貌地点着头，眼睛直扫我们这几个形迹可疑的女的，我们都认识的那个熟人大概怕栽面儿，没再往下介绍，独自挎老公进电影院了。

我们几个落座后，人家电影演五分钟白花花就评论几句，看得倍儿不消停，就显她有艺术细胞了，一会儿问这个一会儿问那个，弄得我们都想隔着她坐。白花花刚安静没多会儿，电影屏幕就开始虚，人影都是俩仨的，明显感觉放映员在调，可是越弄越虚。猴子的流氓习性发作了，开始把俩手指头往嘴里塞，吹流氓哨，我们几个沉默的大多数一看有人挑事儿，跟着起哄地喊。电影依然没有太好的变化，但凑合能看。我捅捅白花花，"咱接着看吧。"她同意了。可是猴子不干了，站起来跟要起义似的："我一会儿喊退票，你们跟我一起喊啊。"没人理他。他自己扯嗓门："退票！退票！"好么，全电影院里的人那叫一个齐，全跟着喊退票。我在座位里哈哈大笑，前后环顾，男男女女都在振臂高呼。

一会儿，一个工作人员推门进来："我们经理说了，可以退票。"猴子带着大家往外走，跟工会主席似的。我心里直嘀咕，本来就是赠票退什么啊，找地儿吃饭得了。可伟大的猴子居然举着两百多块钱出来了，他愣把赠票给退了，这情人节过的，不一起吃饭都不行！归齐，我们吃完饭结账时还得了一听可乐，这便宜占的。

就像突如其来的不劳而获一样，在你沾沾自喜的时候也一样会被异样袭击。不过，只要你还有简单的盼望，这日子就还能过得有滋有味，人有的时候需要守株待兔式的傻气。谁说我等不来喜悦，等不来欢愉呢？

把日子过成段子是一种境界，是一种避重就轻、四两拨千斤的功夫。我们每天都与各种各样的事情擦肩而过，只是因为心情不同，那些事情在我们的内心有了不同的投影，甚至，被我们忽略。

我喜欢市井气，喜欢看集市里烙大饼的姑娘把面擀得很薄，喜欢葱花从饼里溅出的香味。偶尔遇见熟人能停下来客气地打声招呼，然后再转身各买各的东西。生活就是被这样小的停顿串联着。

这样的素描是单线的，而细密的颜色铺了一路。

我在自己的时间里沉默着。

感谢在我最失意的时候把我带到海边的朋友，感谢被我一次又一次写成反面典型依然不记前仇还能沾沾自喜的哥们儿姐们儿，感谢我亲爱的家人，你们，让我的2007年充满感动。

如果旅程只是一次散步，我还想拉起你的手。

CONTENTS
目录

第一辑 露怯

俏也不争春	003
给车当孙子	006
到底谁玩谁	009
别拿我当有钱人	013
假洋鬼子的光荣	016
心灵鸡汤迷魂药做的	019
做只好蛤蟆	022
从良很难	025
抢劫不如买股票	029
用香水百合熏你	032
就看自己不顺眼	035
进小区请买票	038
挑剔得像个贵族	042
药片改变世界	045

第二辑

老 窝

一只欠揍的鸡	051
如厕也要国际化	054
90年代的澡堂子	057
宠物拿人	061
我想歌唱可不敢唱	064
我想有个游泳池	067
吃人家的嘴短	071
新孟母三迁	075
一方水土养一方疙瘩	079
病根儿难除	082
房子的原罪	085
在屋里盖小二楼	089
小区艳阳天	092
闻鸡起舞悠着点儿	096
空置的保姆房	099
在毛坯房里看画	102
不砸墙不算装修	106

小·市民

过日子人	111
不俗不过年	115
不喝好不行	119
投诉也能上瘾	122
脑子进水了	125
看病也要搞套餐	128
把嘴缝起来得了	131
打住，别瞎忽悠	134
发财当自强	137
人体实验	141
阴着脸微笑服务	144
实在不行咱比吃	147
戴护心镜上班	150
天上的馅饼在哪里	152
不带这样抬举人的	155
去超市抢	159
哪儿的孩子就得在哪儿养	161
英雄母亲	164
儿孙自有儿孙福	167
神秘的女人	170

煽 情

像真的一样	175
缺心眼儿的快乐	178
那一场风花雪月的事	182
幸福不怀好意	190
他们的过去时	193
人骨拼图	196
卡拉是个甜心	200
有朋友真好	204
爱太浓	207
陷入	211
跟傻子赛（似）的（后记） 文/白花花	214

第一辑

露怯

什么是露怯？

我一下子就能想到我中学时候，我们那个特别邋遢的英语老师，她穿得都挺时髦的，净是名牌，但整天不是扣子系错就是时髦外套上束腰的带子忘了把两根儿拴一块儿，总在身后耷拉着。冬天，她裤子前面的拉锁经常忘了拉上，身体稍微有个动作就能看见埋伏在罩裤里面的红毛裤。

我们的政治老师更酷，他还是班主任呢，整天拎着用尼龙条编的菜篮子上班，下班直接奔菜市场。弄得班里不着调的男生特别崇拜他，上学来多一半都拎菜篮子，跟黑社会似的。

露怯，有故意的也有无意识的。

我们渐渐不懂得害羞了，有时候还会人来疯，最后修炼到露哪儿都不觉得露怯就成精了。

俏也不争春
QIAO YE BU ZHENG CHUN

　　人家都说有丑男无丑女,女的好歹打扮打扮就能看得过去眼儿,可现在女的对自己越来越苛刻,幸亏一个人就一张脸,这要跟魔方似的有好几面还不得忙乎死。流行靳羽西那会儿,哪个女的都赛演员似的,长得好坏根本看不出来,全是戏装扮相。眼皮的颜色随衣服走,一人脸上一块怀春的桃红,只是面积大小不一样而已。那时候我才知道讲究人洗脸不能拿手或者毛巾直接胡噜,要用洗面海绵,脸干净了还得用各号刷子往脸上刷色,跟装修似的。当赵文雯跟疯子似的一套一套买"靳羽西"的时候我还素面朝天呢,因为我经常说不化妆是因为自己长得好,其实我是不会化妆,而且觉得每天出门跟装修似的太麻烦。

　　当赵文雯描眉打脸长达半年之久时,我也动了让自己苦争春的念头,电视购物里一边教你化妆一边推销自己的产品,我看了一期,跟里面学着买了一瓶具有魔幻效果的睫毛膏,反正也不贵。对着镜子拿小刷子往睫毛上一蹭，嚯，效果还真不错，当时就跟拔丝山药似的，好多根儿黑丝顺着睫毛就被带起来了，可你倒是断啊，那东西还挺有韧性，你拽多远人家能拉多远，还得拿剪子现铰。我一边照镜子一边想，就凭我这眼毛，演封神榜都不用参加海选。这回想戴眼镜是不行了，一忽闪再把镜片刮坏了，只能想其他辙，比如把望远镜改装，镜片换成近视镜的，到哪儿看东西手搭凉棚不管用的话，就直接举望远镜。

我把赵文雯喊来看我的魔幻眼毛，她一会儿就受不了了，自己捂着眼睛装瞎子，在我强烈追问下，她说眼晕，因为我总故意把眼睛一眨一眨显得很无知，其实我倒没想总眨眼，我的眼皮跟举重运动员似的，你想啊，一个眼皮能有多大劲儿啊，眨眼已经算重活了，还扛着许多假睫毛。

后来听说有嫁接睫毛的，我始终想不通，这又不是两根绳子，不够长俩系一块就行，难道还得跟柿子树似的，嫁接完了能长黑枣？正在我满脸疑惑的时候，赵文雯走了，临走她很职业地翻了我的眼皮看了看，说："你睫毛也不短啊。你鬼缠身吧，非跟睫毛过不去！"

好在鬼缠身的不止我一个，转天某位有爱心的朋友就给我拿来了她的睫毛膏，并兴师动众地拉了两个陌生女人一起给我评判。我就在大家的肯定和鼓励下，把跟我们家马桶刷长得差不多的小刷子伸进瓶子里，使劲儿蘸！反正也不是我花钱买的。臭油般黏糊糊的黑膏状物体又被蹭在我天然的睫毛上。她们都啧啧称叹。我一打量，好么，抻出来的睫毛全一边长，跟排笔赛（似）的，以往的纤细型变成粗壮型，无论近看还是远看，眼皮上都像被插着好多小黑棍儿。有一个女人赞叹道："嗯，眼睛型一下就出来了，目光都显得深邃了。"上眼皮这样也就罢了，轮到下眼皮时居然也这效果，气得我一闭眼，我这口深呼吸还没喘过来呢，就觉得眼皮不得劲儿，再想睁，是睁不开了，全粘住了，还倍儿结实。我也不敢用手愣扒，万一再把我那不多的睫毛给带下去怎么办？

耳朵里开始听见众人一阵骚乱，一会儿一块湿漉漉的热毛巾捂我眼睛上了，擦来擦去，终于让眼皮松动，稍微能露个缝儿了，我用小眯眯眼看了一下脸盆，那一盆黑水，跟写了多少大字似的。再一照镜子，我脸上也流着黑水儿，整个儿一女包公。

最后，我决定放弃化妆，出门抹点儿防晒霜得了。我很大方地把那瓶魔幻睫毛膏送给提供"排笔"的女人了。知道这件事将会成为赵文雯到处败坏我的话把儿，因为我一周后就发现她把MSN上的签名改为："俏也不争春，只把春来叫。"气死我了！

给车当孙子

GEI CHE DANG SUN ZI

　　流行丢自行车那会儿，我们家一星期丢了三辆，后来我又买了一辆旧车，到哪儿都跟狗似的，专找小树木墩子铁栅栏等能戳得住的东西，大铁链子绕好几圈，结果事实证明自行车只要不跟自己锁一块儿，一准丢。后来，我想明白了，自行车太好偷，身上安不了报警器，就算有人拿大斧子把锁砸了，它也不会吭声。这城里也不让骑牲口上班，于是就动了买"大滴滴"的念头，再小也算机动车，不是砸了锁头就能偷走的。

　　拿了折子就奔卖车的地儿去了，不能划价，也不卖挑，再说那么大东西就算让挑咱也不会，所以买车的过程比买菜麻利多了，踩着油门就往家开，心想这可安生了。好么，这安生的劲儿有点儿大了，没一星期我心就开始哆嗦，先是汽油没几天就涨，说得跟国际油价接轨，可眼瞅着老外那儿都落钱了，咱这儿还没动静，一打听才知道咱这地界儿油价买涨不买落。每天一堵车我眼睛就一个劲儿瞅油表，一天一格油，一百块钱扔进去烧不了三天。你还别算那些保养、保险、养路费、验车、验本儿、修车之类的花销，光洗车就不少钱，马路上也不知哪儿来那么多臭油，时不时溅一车，不擦显得脏，想擦，拿钱，没五十你都别张嘴。

日常消费倒可以忍受，反正马路上那么多车，自己愿意往火坑里跳的倒霉蛋儿多了，可飞来横祸要落你身上可就窝火了。前几天在交通口等红灯，一辆津D牌照的车居然在车堆儿里要调头，而且最牛的是只看前面不看后视镜，眼瞅车屁股离我的车越来越近，我赶紧按喇叭，可那人就跟聋子似的，倒得劲儿劲儿的，那还有好吗，我也动不了。眼睁睁地看着那人把车撞在我车门上，门瘪了，我出都出不来。我们跟抢答似的，纷纷拿起电话打110，可110说责任清晰不用出警，让自己去交通大队。撞我的人心态特别好，出来就庆幸地说："我的车上了全险，咱等保险公司的吧。"几个小时中，没有道歉，没有内疚，有的就是等待，撞人的主儿跟大爷似的，被撞的倒像孙子，等着保险公司给小钱儿。干耗一上午，保险公司的人跟皇上出宫似的，到了看一眼车，弄个破数码相机照了几张相片，上眼皮一搭下眼皮：四百。我说修车这点儿钱肯定不够，人家说，你要不服可以申请物价局的评估，那样不知道得耗多少日子。话里话外赶紧拿钱走人，别无理取闹。我那个窝火啊，可没辙，警察不管就让你们"私了"。

车简直就是个累赘，你不撞人别人撞你，停车稍微不自信，没准儿被摄录，二百块钱就没了。赶上不认识路可麻烦了，别想像自行车一样一支脚蹬子,这人不知道问那人,禁行路就是打开口的陷阱,一不小心进去又二百。

我现在没急事干脆不开车了,花一块五坐上大公共哪儿都能去,不但93号油省了,还能在公共汽车里眯个觉儿。私家车跟个老虎机似的,不但自己越来越不值钱,还吃钱如同吃草,而且喂多少都没饱的时候,真让人发愁。

现在我唯一庆幸的是我们小区物业卷款走了,虽然损失了一年多的物业费,但车位没人收钱了,只要早回家准能落上个放车的地儿,为了占车位上班得比坐公共汽车的早仨小时。我想好了,但凡哪天物业又回来了,我干脆把车卖了,跟着它整天提心吊胆,都快落下毛病了。

到底谁玩谁
DAO DI SHUI WAN SHUI

· ·

对冯冬笋而言从厕所出来之前洗手成了仪式，他始终认为手挺干净的，洗手是为了做给别人看，这种行为本身很商务，其实骨子里他觉得根本没必要，而且跟我说了好多次。我始终避免跟他一起吃饭，要不他每次去完厕所就跟魔术师似的在我眼前伸着俩手，手指头一个跟一个都离老远，正面反面反面正面晃来晃去，一个劲儿地说："看我又洗手了，我手本来就挺干净的，你看看。"我瞅着他老大不小假天真的劲就想反刍。

估计那天他签了一个不小的单，激动地自己跑厕所洗手去了，顺便还胡噜了一把脸，结果手机从上衣口袋一跃而出，直接掉手盆里了，连泡儿都没冒。这手机平时被他攥着不知道沾了多少油，冯冬笋一捞一打滑，就差下网了。质量再好的手机也没一款"会水"的，老冯是生意人，没老婆都行就是不能没手机。我们俩冤家路窄，居然在大马路上撞见，被他挟持着去买手机。

我们刚把肚子靠在柜台上，想以一个舒服的姿势欣赏那些机器，售货员就特洋溢地来了："今年流行智能手机，商务人士现在都用，很适合您。"冯冬笋低着头倍儿陶醉地笑，他知道售货员说的不是我，我这素质的用个八百来块钱的低端手机都算显摆了。他猛然抬起脸用无知的眼神眺望着眼跟前的揪着一抓鬏的女售货员："麻烦您能给我推荐几款吗？"多假呀，机器都在我们眼皮底下摆着呢，他非让人家一个一个掏出来，都是塑料模型，他还假模假式地在手里掂，在耳朵上听，弄得像配眼镜，特别欲擒故纵。

我不太懂高科技，张嘴问了句有什么智能，就让人家给我堵回来了，"你用过电脑吗？电脑能干吗这手机就能干吗。"可我想冯冬笋平时根本就不用电脑，买个这么高级的东西不受罪嘛！就特拿自己不当外人地说了句"买两千块钱左右的得了"，谁知道冯冬笋上厕所洗手的劲儿又来了，把脑袋一歪："还是买好点儿的吧。玩嘛。"售货员小抓鬏一甩，估计打过了阳历年就没遇到这么不走脑子的主儿，立刻热情高涨，大哥长大哥短中间还喊了我声嫂子，我都快把她柜台给砸了。

不就买手机嘛，又不花我的钱。不管分辨率，咱只要大屏幕（可惜人家手机不出三十二寸的），一个巴掌能捂住就不叫智能，咱只买大脸盘儿的，分量还得重，扔出去能防身。得带手写，一个成功男士拿着铅笔头儿在大屏幕上划拉总显得比那些靠活动大拇指的高层次，这是没出毛笔的，要有，一准买！甭管中国移动嘛规定，无线上网咱要能支持CLASS 10的，CLASS嘛意思不用管，反正数小的，咱看不上。四十和弦算什么，必须要六十四和弦以上的，咱得用这东西看电影听音乐，弦少了不行。待机时间怎么也得奔二百小时去的，傻等，还得心甘情愿充满激情。别管干吗不干吗，得支持多种扩展卡，往里塞软件用得上，商务人士哪有几个手机里没软件的，得随时从怀里掏出来看看大盘走势什么的。一开机就得带操作口令，捎带输点函数什么的才高级呢，抓这么个手机赶下雨天往外跑都得穿西服戴墨镜，跟骇客帝国似的。

经我这么一分析，小抓鬏手里就剩一款五千多的了，真够买一台电脑了。小抓鬏说："这是一个可以工作在全球 WCDMA（3G）、EDGE（2.75G）、GPRS（2.5G）等网络环境下的智能手机。"冯冬笋能去的城市最多五个，他又不是章子怡，哪辈子能跑全球啊，而且这厮毫无生活情趣，整天守着电视看"超市大赢家"，就他那点儿心胸，还不如存车处大，现在居然拿着手机开始要放眼全世界了，也不嫌钱多烧得慌。当然，这些话我光想来着，我琢磨的工夫人家已让服务员把票开了。

冯冬笋是个不存财的主儿，拎着手机盒子我们就去了他办公室，跟白捡的手机似的，两人抢着把玩。他嗑着牙花子一个劲儿赞美，外观好看，电话本够智能，短信无限存储，还有热插拔的扩展卡，播放视频、MP3，就跟他什么都懂一样，其实又把小抓鬏的话背了一遍，脑子好全体现在记闲白儿上了。

我后来给那厮打电话，他始终关机，一点儿也不商务，特没职业道德。后来终于有一天冯冬笋冒出来了，我打算玩玩他的智能手机，再学习学习什么叫蓝牙,什么叫移动办公室。可冯冬笋掏出一个跟我差不多的便宜货,拿手指头把手机在桌子上扒拉得直转,表现出一个上不了大台面的商务人士的低级趣味。我问:"咱那小电脑呢?"他说:"我早给退了。那么大一个屏幕,用着用着就没电了,也不知道我的电池是不是给掉包了,待机时间还说二百小时,估计多写了俩零,随时死机。我也现代化点儿,往手机里塞了一些软件,结果每次打开工具表都慢得跟死机一样。软件大多是英文的,我头都大了,用个手机还得问同事单词。听个MP3,它倒是能放一天,可标配那个耳机放出来的哪是音乐啊,听调频收音机还有噪感。再看个MTV吧,一会儿一迟钝,一会儿一卡壳。想上街拍美女,那个快门声还消不了,据说想消音还得装特殊软件。我疯了。"

　　事实证明凡是具备智能的,都不是好惹的,比如咬人的狗,抓人的猫,絮絮叨叨的女人。手机具备智能,就是跟你比智商的,你还想玩它,它一早把你先玩了。

[闸口]

一个老闸口,收留着很多脚步。我只从上面走过一次,自行车过一次好像几毛钱吧。正经的路堵了,只好从这上面走,浮桥上晃悠悠,差点让我把车扔了。那时候桥边经常有卖螺蛳的,一大盆一大盆摆在路边,我以为那是喂鸭子吃的东西。后来才知道专门有人买了回家炒,然后赶上下班的时候推着车在集市上叫卖。当年的自行车是全民运输工具,贼也没那么多,车不锁都丢不了,不像现在,眨么眼的工夫,车没了,跟自己腿锁一块儿都没用。

【闸口二】

怀念就像一场狐步恰恰舞，转转，就把人给转晕了。时间的缝隙吱呀一声拉开了，沉淀在时光尽头的城市被灯光和夜色诗意地描绘着，像一幅油画，轻盈而生动。无轨电车，月份牌上细眉红唇的女子，那么单纯宁静，描绘已经变成一双翅膀，它不停抖动着一个人对于过去的怀念。门外是绚丽，门里是动听。怀旧是一种传染病。我们听见旗袍下的狐步发出恰恰恰的声，那是一种怀旧的节奏，踏碎了昨日的时光。

别拿我当有钱人
BIE NA WO DANG YOU QIAN REN

忽一日,手机狂响,号码陌生。一接,电话那边是一个女的,倒是挺客气,直接自报家门,说自己是什么高尔夫俱乐部的,问我平时打不打高尔夫。我一听心里就来气,问她哪来的我手机号,人家笑嘻嘻地说是他们那儿信息部提供的,我站在楼下一边把自行车铁链子往水管子上拴一边态度温和地问:"你们信息部提供电话的时候没告你我什么阶层的?你也不扫听一下我打得起高尔夫吗?"人家也不急,还有问有答:"那您身边有人打高尔夫吗?我们有体验活动,您帮我推荐几个人也行。"我心里这个气啊,直接告诉她:"我跟我身边的人打羽毛球还得AA制呢,你那体验活动要免费,并且管接送,管一顿中饭,送小礼品,我还可以考虑。"电话忽然就断了。

经常接到一些不着边际的电话,说什么楼盘开始卖了,剩最后几套让你去抢购,那话茬子说的跟中了五百万还不用上税似的,我心说,要有能抢购得起那么大别墅的钱我早搬家了,还用你提醒。

还有人总打我们家固定电话,上来就说是做调查的,问我妈长途打得多不多,老太太多实在啊,拿着电话单一个月一个月给人家念,对方就一个劲儿说现在正有什么优惠活动,只要办他们的IP卡国际长途都便宜。我把电话抢过来,告对方打我爷爷那代就不认识老外,没海外关系,不想装什么IP。

前几天遇到阿绿,她所在的货贷公司刚关门,自己背着个大黑包正在汽车站等车,我跟她一块儿站着,用手机放着宽心的音乐并不多说什么。不一会儿,她的电话响了,阿绿先沉吟,忽然对着电话大喊大叫几句,挂了。然后告诉我,一个陌生人打电话说某知名大学教授在搞成功人士沙龙,这回邀请的都是有社会地位的女性参加。阿绿一边骂街一边抱怨:"这些人怎么知道我电话的?真拿我当有钱人了。我参加沙龙他发我高薪行了。"

我最厌恶那些挂在最明显位置,傲视全天下老百姓的房地产广告。哪儿跟哪儿挨着就竖一块全球瞩目楼盘的牌子啊?人家老外知道你这鸟不拉屎的地方吗?动不动就富人白领精英什么的,用半人高的字写着英格兰苏格兰的什么某某小镇、大宅、宅邸、庄园、别墅,仰脸你就看吧,广告上净是英文字母和译音,画上把一家子一家子的老外全给安树林子里了,跟欧洲电影似的。那些18世纪的、19世纪的、20世纪的西方面孔凌乱地佩戴着假发拄着手杖,有的牵着一匹马,有的挥动高尔夫球杆,有的人还端着杯咖啡。你说这些情景哪点儿跟咱的日子靠谱,就辆自行车跟树拴一块还丢呢,有养马那钱,还不如规规矩矩养孩子呢。

前几天跟朋友正好路过北京郊外一处大宅林立的地方，这哥们儿指着一片房子说："我们家祖坟以前就在那儿，他们盖房，让把坟都迁出去了。"我伸脖子往里看了一眼，假山、小河沟、凉亭，路弄得崎岖不平，满地面都是竖着埋地里的扎脚的鹅卵石，就几个保安在里面溜达，房子每套拿起来就二三百平米，可哪儿有人住啊。房地产公司也够有格调的，这是逮哪儿找的设计师啊，广告上说还是一老外，这人别是在自己国家设计墓地出身的吧，一不留神把绝活儿使出来了。

有时候觉得可悲，那些终于可以不拿钱当钱的人其实一直在模仿中生活。你瞧西服，一看就知道温州产的，手提袋一定得印个外国帅小伙上去，明明是上海做的首饰，宣传画里准戴在外国妞的粗脖子上，值十块的东西卖一千，不搞国际化有钱人谁买账啊。

假洋鬼子的光荣
JIA YANG GUI ZI DE GUANG RONG

    英语一直挺重要的,我打小就憷头学那东西,现在孩子可不一样,只要不是哑巴,嘴里都能蹦出点儿单词,哪个幼儿园不教英语啊,中国话说不利索没人管,看见苹果不说"挨剖",看见香蕉不说"拨呐呐"家长得找校长告状。我同学的孩子,打三岁开始所有周末就泡在新东方英语班里,一出门弄得跟小老外似的,中国话说得全曲里拐弯。这学习劲头真让人羡慕,我小学三年级才学英语,整天滥竽充数,考试一遇到不会的单词就拿汉语拼音对付,没少挨老师说。

    后来英语变得越来越重要,弄得我们朝阳一样的生命一睁开眼就扎阳台或者静地方背英语字典,发音全是照猫画虎,有音标也就看个大概,不如直接拿汉字标上怎么发音。所有英语考试我全是硬着头皮啃着笔屁股熬过来的,连蒙带唬就差当场扔钢镚儿了。就我这水平还有人愿意抄我的,记忆里的考试全是猜闷儿,偷偷摸摸东问西问,外加眼睛四下撒摸。幸亏我赶的年头儿好,几本《大学英语》对付过去就算毕业了。

按理说就算从三年级开始学的英语那也学了十几年了，可脑子里那叫一个干净，二十六个字母单拿出一个来问谁挨谁，我立刻干瞪眼，得在心里默唱一遍字母歌才能倒出来，默念都不行。我最佩服那些一到练歌房就点英文歌的主儿，这得多大的学问和胆量啊，搁我，别说英文歌，中文歌里猛冒出几句英文短句都不行，站那儿就打奔儿，只能跟着音乐哼哼，继续小学时滥竽充数的伎俩，赵文雯经常阴阳怪气地说："不会吧，这么简单的英语还在那儿嘟囔？"她哪里知道，能吭唧已经算是自信的表现了。

我们被强迫着国际化，职称考试还得考英语，其实英语打学那天就没什么大用，唯一能用得上的就是考试。当年上注册会计师考试培训班的时候，我坐在下面跟听天书一样，那老师拿他在外国待过几年的经历穷显摆，说一句话，关键地方全用英语，最后一个半小时下来，我都快傻了，光想着下课去教务处投诉，明显歧视不懂英语的同学。他留的作业也特缺德，里面全带英语单词，就跟不说英语他就拿中文解释不了似的。后来我干脆自学，抱着一大本专业英语书，每个单词都特长，看着就眼晕，单词怎么念不知道，那真叫死记硬背，全凭看单词长相，最后突击那几天我跟算命仙姑似的，单词看前几个字母就知道是什么意思。记忆力保持到考试结束，卷子一交，脑子里跟格式化了一样，谁也不认识谁，再想补考都难。

如今写狗爬字的人越来越多，我妈总说我："瞧你那两笔抹儿，电脑用得还会写字吗？"这话总捅我肺管子，想当年上学那会儿我们还有书法课，所有人必须通过国家的书法考试等级，这么严加管教出来的人现在写的字都跟狗爬似的，确实退化挺快。现在的孩子都一门心思学外语去了，就拿我儿子土土来说，一回家就故意问我，某某的英语怎么说，问得我一愣一愣的，我也经常故作冷静地考他，但人家孩子随口一说的单词我还真不知道对不对。几个月下来，逼得我下了去上个英语班的决心。广告翻了两天，终于找到一个给成人开的英语初级班。到那儿一个打扮得特不正经的女孩让我填表，首先一条让填英文名字，我想了半天，我以前上学那会儿给自己起了一个，可现在死活想不起来了，只好空着，后来又填了学历之类的。那个不正经的女同志把表格拿走沉吟良久，用瓢虫似的指甲盖点了点我的学历说："我觉得您报这个班有点儿浅，我们是从音标开始学的。"我赶紧摇头，生怕人家不要我："有再浅点儿的班吗？最好是从 ABC 开始学的，我什么都不会。"我求知的眼神让对方以为我是办假证搞的假学历，态度立刻不谦逊了，拍着桌子说："那交钱吧！"

有一次开车带几个朋友去北京，发现首都人民是文化高，道路出口分得那个细致，前面是数字后面是字母，我一边开一边感慨："这要是不认识英文字母在路上就得疯，丢了家连公安局都找不着。"

心灵鸡汤迷魂药做的

赵文雯最近很神秘,约她逛街、吃饭一概拒绝,而且总摆出一副令人怀疑的文学女青年的神态说要看书。要说她可不是个能看得进去书的人,家里连书架都没有,印刷品看得最多的是每次从超市拿回来的带画片的价目表,什么东西该去哪家超市买她心里明镜儿似的。在一次早晨排大队买油果子的过程中,她为了让我给她捎二两,终于吐口儿告诉我,她最近参加了一个心灵俱乐部,由师傅带着整天看玄学方面的书。我扭头看看这个正在进行心灵修炼的女施主,一只手里攥着脏了吧唧的五块钱站在队伍外边紧着跟我对付打算夹个儿,另一只手里揪着涨得鼓鼓的一塑料袋豆浆,还总抱怨人家给她盛得少,我都怀疑这么个俗人打三十多岁才开始心灵修炼还有救吗?

为了打消我看不起她的念头,拿着二两油条的赵文雯说他们在一起经常探讨人性、挖掘自我内心、让灵魂和身体对话。看她一脸严肃，我没敢打击她，回家就给赵文雯曾经爱慕过的一个男同学打电话，那厮也够绝的，电话里惊讶地说："跟着好人学好，跟着巫婆学跳大神儿，她那么单纯你可别让她再修炼了。"

赵文雯的心灵俱乐部在郊外举办体验活动，让大家汇报近日的心得。周末闲得难受，我约了赵文雯学生时代暗恋对象，如今已经发福，光肚子那块儿切下来就得有一百多斤的胖子，自告奋勇送她去寻找内心的自我。按给的地址一路开，那叫郊区吗？都快到河北省了。早晨九点出发，下午将近四点才到酒店。赵文雯进了教室，我跟胖子一人一个沙发打算睡一觉，胖子很谨慎地东张西望，然后盯着我："一会儿我打呼噜怎么办？"我说："我踹你。"他安心闭上了眼。

赵文雯的教室就在我的对面，我扒了一次头儿，被管理员拽开，说学员谈的都是很隐私的话不能听。他这么一说，我更好奇了。迷迷糊糊的时候不知道谁喊了一嗓子可以进了，我们就跟接孩子下学的家长一样，一块儿往教室里挤。学员们围坐一圈，跟开恳谈会似的，有的人眼睛通红不时擦着眼泪，赵文雯举着笔记本正在发言，深刻挖掘内心深处买东西时如何打小算盘，听得我直在后面笑。心理指导大师面相挺和蔼的，说话不多，最后使出了他的绝活儿。他电脑里有个软件，说能给每个人算前生今世，那些学员跟遇上发免费材料似的一拥而上，我和胖子一把将赵文雯拉住，她还很不乐意，在那挣歪。大师倒也不瞒大伙，有的人前世是富家子弟，有的人上辈子内心险恶，有一个女孩最惨，说她两年半之内腹腔长肿瘤，而且前世是自杀身亡,这辈子也难逃此厄运,没准轮回到下辈子还得自杀。那女孩身宽体胖扎着两个小辫子,她一直问大师要是两年半内没长肿瘤是不是就能躲过一劫?大师不屑地说:"你别纠缠在这个问题上,这不过是给你一个提醒,注意饮食和生活规律,别把它当包袱。"我当时就急了,人家活得好好的,花几千块钱捧你的场,最后告学员你怎么死的还把时间掐算好了,这样的心理暗示用不了两年半,估计一年半载就差不多了。我去找大师理论,人家有涵养,并不跟我在这问题上纠缠,我还真怕他给我也算一卦告我死期将至,所以没敢砸场子。

我们拉着赵文雯出来,或者说是被轰出教室,我听见里面有类似佛教音乐响起,我又去扒门缝,这次更吃惊了。那些人都闭着眼,跟神志不清似的双手上扬缓慢做着各种夸张动作,有个男的还在人堆里打起太极拳,音乐一停,那些人还挺受不了,有的大笑着逮谁抱谁,有的号叫着哭泣,我定睛一看,哭得最凶的就是这辈子不但得肿瘤还得自杀而亡的女孩。胖子在外面等着,看见大师的手下在卖学员们坐的板凳,五十块钱一个。胖子理直气壮地说:"这板凳一看就是拿大芯板做的,一张大芯板四十五块钱,至少能做十五个板凳,你这凳子连胶都算上,最多五块钱。"可是学员都俩仨地往家捎,有个人买了四个板凳,二百块钱啊!

心灵鸡汤是用迷魂药做的吧,拿老百姓都当白素贞了,整天住楼房的可不比住山洞的,留着修炼心灵的工夫还不如编中国结玩呢。

做只好蛤蟆

ZUO ZHI HAO HA MA

....

不想吃天鹅肉的蛤蟆不是好蛤蟆。本着这样一个目标，差一点儿跟我拜把子的哥们儿张嘀咕把自己放眼的目标定在有艺术气质女性身上，而且立场坚定绝不凑合。他还真沉得住气，把女人市场摸得很透彻，说上三十的女人现在都急蓝眼了，永远都是男方市场，男的越大越能可劲儿挑，比自己小个十岁二十岁的都能找到，跟裹鸽子似的，放出去一只能裹回来一群。

张嘀咕也就靠一套房子和不少股票壮胆，要不就凭他那长相，跟儿童画似的，五官明显没摆对位置一看就是将就着交的作业。但说良心话，张嘀咕人很好，谁家有什么事只要喊到他了，他肯定管到底，他觉得叫他是看得起他，所以现在张嘀咕跟居委会大娘似的，不仅替人了事，还经常替人拔创，小区里可不止我一个要跟他拜把子呢。要不是他坚决贯彻找艺术女性的原则，估计现在孩子都上学了。

功夫不负有心人，终于摊上一个搞艺术的女天鹅，据说在北京

798还有自己的工作室。张嘀咕满心愿意,但还绷着个劲儿,说要先看看这女子的艺术作品再说。他背着介绍人,一大早问我去不去798,我能不去吗?有人管饭又不费自己的油还能接受艺术熏陶,谁不去谁傻子。

张嘀咕真露怯,刚看见满墙的小儿科涂鸦就开始感慨,那女的还没见到,就仿佛人家愿意跟他结婚赛(似)的,满嘴我媳妇我媳妇的。我从书包里抽出一本路上解闷的书,翻开窝角的那页边走边大声朗读:"女的说了:人之一生,最大的事就是不孤独,就是有一个得心应手的伴侣。所以不要在情事上太过随和,能找月入一万的,就绝不能找挣九千九百九的;女的还说:咱们要的是你重新自我评估,充分挖掘潜能,高标准严要求自己,不能在婚姻上扶贫;女的又说:古训,人往高处走,水往低处流。对于女人来说,这句话尤为重要,因为女人如果不找一个比自己强大的男人,而是随随便便胡乱嫁个与己相差不多,甚至还要自己来倒贴的男人。依据这句古训,只能说是'下流'。"张嘀咕把眼神从画上抽回来,放在我脸上,愤愤地说:"你能代表艺术女性吗?充其量是家庭妇女,小市民代表。整天就知道什么降价买什么,你也赶赶时髦,往脸上抹点高级化妆品。"嘿,他倒急了。

我能给女人丢脸吗?赶紧拾话茬:"我一会儿见到艺术女性就得提醒她,书上都说了:您是女白领,您不但要发挥自己的价值,而且您担负着创造、训练更高更快强的下一代的崇高任务。您应该既爱自己,又爱家人,更爱祖国,您不能随便找个人草草嫁了,然后糊里糊涂过着吃什么都长肉的日子,您的担子重着呢。"

张嘀咕没理我,跟土大款似的胳肢窝底下夹着他的小坤包,挨间画室进,装行家,每幅画看半天。我把那些艺术作品分三种,一种是写实的,画得跟照片一样;一种是莫名其妙的,让大猩猩画都不比画家差,乱七八糟颜色往上一涂就完事;还一种是变态的,特恶心哪儿朝阳往哪儿展示生殖器的。他在那儿赞叹,我愤愤不平,"流氓会画画就是艺术家。"

我们站在一个捐精子档案柜面前,上面摆了好多小瓶子,以为是痰盂呢,谁吐完签个名字,张嘀咕其实是个挺保守的人,脸都红了,就这素质还哭着喊着找女艺术家。我们出了精子展览这屋,另一个屋里摆得更邪行,巨幅照片,拍的是一光屁溜儿男的把自己埋进土里全过程。这不是有病吗,也没什么具体意义。张嘀咕也嘀咕开了:"这东西谁买啊,这些艺术家靠什么生活啊?脑子里整天想的嘛?"

好不容易走到他心仪女人的工作室,锁着门,我们拔头一看,迎面的作品是一堆团成团儿的烂报纸贴在一个板子上,这要也算艺术,我们门口收废品的都能算一号,那些人抹瓶子有一套。这次艺术区之行让张嘀咕颇受打击,他再没提那女天鹅。

从良很难
CONG LIANG HEN NAN

电话里一声一声甜甜的姐姐喊着,我心里一边倍儿美一边紧答应着。两分钟后我承揽了新任务,接新娘。人家一辈子的事,让我去帮着拎包袱,这是看得起咱,去,铁定得去。我一拉大立柜的门儿,好么,衣服成团成团地直往下掉,我得拿肚子顶着,再一件一件往回扔。我那些高级衣服呢?我大声喊在厨房忙活的妈妈,她一边敲铲子一边说:"就你还有高级衣服?"我直跺脚,"我结婚时买的好几千那套行头,还有我那双红高跟鞋,您没卖破烂吧?"没人理我。

衣服好说,但形象得改,直发肯定不够档次,怎么也得去烫个头吧。我赶紧抓了把钱塞在钱包里就出门了,咱不能给婆家人丢脸,烫头体现咱的重视。现如今理发馆都叫发艺工作室了,一屋子人都是烫头的,反正不烫就得染,你要想光剪个头你都不好意思往人家椅子上坐,哪个脑袋出来不是好几百啊,这还算便宜的。

我穿上尼龙大袍坐在转椅上，服务生说："您要咖啡、茶还是饮料？我们这儿还提供零食。"我有点儿局促不安，进咖啡厅的错觉，也不知道这服务要不要钱，就说算了吧，洗头吧。我刚想起身，一只手又把我按回椅子："干洗！"我说："拿水洗行吗？"服务员眼睛直勾勾地看镜子里的我，手已经按在干洗液的瓶嘴上了："干洗！"看来，这地方不卖挑。

随后，服务员叫来了美发师。我一边说着我的想法，他的剪子已经在我脑袋上上下翻飞了，动作倍儿帅，就跟山西面馆的小师傅扛着面坨子片刀削面赛（似）的，我的头发立刻被扔得哪哪都是。我知道我嘛都白说了，他就没听，他表情专注，仿佛我就是一萝卜，萝卜缨子留不留还能听你的？一会儿就给你削一萝卜花出来。我一看这真是，干脆闭目养神得了。剪了将近一个小时，睁开眼一看，好么，头发还跟没剪时那么长。他用一根手指戳着我的头顶，叫来服务生，吩咐如何上杠子，然后走了。

之后的两个多小时，我一直像女神一样坐着，纹丝不动，冷烫精的味儿让我胃里直翻腾，可一想到脑袋上即将插上的喜字，拼了！

终于顶着满脑袋大卷坐回镜子前，我倒吸一口凉气，这发型跟我当初向往的压根儿两码事啊，跟美发师许诺的也不一样。我皱着眉头自己看自己，整个儿就一坐台小姐相啊，估计是发型师给三陪们弄头发弄惯了，到我这儿顺手了，连脑子都没动。穿得跟电影明星一样的美发师过来了，拿吹风机一通狂吹，我的头立刻像脑脊液外流的患者一样，脑袋噌的变老大。大波浪被热风吹得直颤悠，我透心凉。我用手扒拉了一下脑门:"你别给我弄成盖儿头行吗?"这句话明显侮辱了美发师的艺术修养,他关上吹风机,瞪着镜子里脑脊液外流的我说:"这叫刘海儿!"真密实,连个缝隙都不带给留的,童养媳似的。再看下面,头发凌乱地卷曲着,这架势,不用去接新娘了,直接去百乐门或者夜上海当大班都没问题,那叫一风尘,必须穿旗袍,上面得露胳肢窝,下面开叉得到大腿根儿。

我花钱,还得求他,"帮我剪短点儿行吗?我觉得这发型太成熟了。"他把定型水往我脑袋上一个劲儿胡噜,倍儿得意,"这叫时尚。不能短了,我看这样挺好。起来吧。"好几小时,愣把一正经的良家妇女在形象上变成站街小姐。

我低着头,就差用包挡着脸走了。本来打算烫完头发去买点儿礼物,现在就想赶紧回家,生怕遇见个熟人,再吓着人家。路上,电话响了吓了我一跳,一个同学说想晚上大家聚聚要一起吃饭,我这个恨哪,不早点儿说!我告诉她,我刚烫了个倍儿难看的头,没法见人。而且天黑留着这样的头型我可不敢到处走,我怕有人往我口袋里塞钱。同学在电话那边大笑,说:"你还挺职业化的,那等你从良了再说吧。"我心里才踏实。

回家对着镜子越照越心凉,把水龙头一开,洗!平时用潘婷,今天用肥皂,这东西劲儿大,没准能把大波浪捋直点呢。可洗完一看,好么,满脑袋卷儿,冷烫精的味儿都没下去,弄得我这绝望啊,从良之路怎么那么难呢!

这回拢子是用不上了,睡一觉都缠一块了,得用手沾了水抓。

高级套装和红高跟鞋都找出来了,我实在觉得对不起这行头,我妈进来狐疑地问我怎么烫这么个发式,我摇了摇头:"相公啊,我心里也苦啊。"我妈说:"完了,已经疯了。"出去了。剩我一个人对镜子狂笑,并且独自把俩胳膊伸成半圆蹦擦擦蹦擦擦。

看着我那满脑袋大波浪,从良之路真是任重而道远。

抢劫不如买股票

QIANG JIE BU RU MAI GU PIAO

我去找吴二桂的时候他正在电脑椅里晃悠,跟相面一样盯着液晶屏幕,那么多年没见一点儿不热情,被点了穴似的支棱着脖子伸手从旁边拽过来一把椅子,眼睛还没离开屏幕就说:"你买股票了吗?今天大跌。"我摇了摇头:"我连彩票都没买过,别说股票了。要不你带着我发财?"他一听发财立刻来精神儿了,问我有多少钱,我掏半天钱包,凑了一百五,气得他直翻白眼。

人家公司真人性化,老总站出来说不能误了大家的财路,每天给员工两个小时炒股时间,有的人瘾大,可以加班干工作,上班炒股票,弄得办公室跟大户室似的,每人电脑屏幕上都是红红绿绿的曲线。我本想找吴二桂要完正版杀毒盘就走,但他的同事太热情了,左手递给我一杯水,嘴里就唱开了,跟打把式卖艺的似的,弄得我不知道该站着还是坐着,特别忐忑,还得仰脸看着他。"起来,还没开户的人们,把你们的资金全部投入新的股市,中国股市到了最疯狂的时候,每个人都激情地发出买入的吼声,涨停!涨停!涨停!我们万众一心,怀着暴富的梦想,钱进、钱进、钱进进!"我一点儿不由衷地假装鼓掌,心想,这人别再疯了吧。

他们公司的人都挺仗义的,一听我到现在这年月了还没买股票都替我着急,有几个恨不能跟我回家拿存折去银行取钱,让他们说得,我都觉得自己有罪,不入股市对不起家庭对不起人民。吴二桂说他三姨刚退休那会儿没事儿干都快得忧郁症了,他三姨夫取了三万块钱让他三姨去股市玩,起码能占着时间。他三姨整天带着早点站在证券公司门口等开门,站了一星期认识了一个炒股的老头,让人家点拨得开窍了,前些日子据说一上午就能挣她一年的退休费。后来,这老太太见谁都说股票,弄得所有亲戚都把钱扔股市里了,家里现在连存款都没有,贼都不用惦记。

我琢磨着"你三姨忧郁症好了再得了妄想症",这话就给说出来了,吴二桂有点儿急,觉得我特不识好歹。我看着他带答不理的样子自己在脑子里盘算了一下,如果投一万块钱进去,一天一个涨停,三五年之后就能滚出好几个亿啊,再买房谁还考虑郊区的房子,直接就奔纽约市中心买栋楼先往外租着。想想还挺美。

我不由得赞叹:"那些学经济的,没事儿就上电视说股评的得赚多少钱啊,家里还不得藏几百几千个亿。"吴二桂用科学的态度阐述了股评家的话如果能信,母猪都可以上树的理论。他说:"那些人每次推出三只股票,第二天就把涨的那只拿出来回顾,跌的就像没说过一样。如果三只都跌,那第二天就换另一只上场。股评家的嘴和太监的话儿没什么两样。在牛市里,只要把所有的个股列表挂在墙上,然后拿飞镖去扎,连飞三支得到的投资组合绝对不会输给一流的股评师。"说得跟扔钢镚似的,看正反面就行,一看就是他三姨教的,以为这是一块钱给二十个圈儿套瓷瓶子呢。我正要走,刚才唱"国歌"的哥们儿递给我一张打印纸,上面有首诗,题目是:抢劫不如买股票。"一天三餐可不要 / 不能不去炒股票 / 过去曾经被套牢 / 现在几倍返还了 / 甜头多多咱尝到 / 死了都不卖股票 / 加息咱们没吓倒 / 小小印花算个鸟 / 互相问安笑一笑 / 后市看高八千到 / 千载难逢股市好 / 抢劫不如买股票 / 一亿股民胆子高 / 谁跑谁是傻老帽"。

一出门,我把这张纸叠了个飞机直接插垃圾桶里了,让股市闹的,我看这些人真要疯了。

用香水百合熏你
YONG XIANG SHUI BAI HE XUN NI

....

　　我几乎没仔细翻过那种几十块钱一本比砖头还重的时尚杂志，我觉得里面到处是广告，衣服看不出好，以布条居多，现实生活里谁那么穿衣服啊，警察不管交通都得先管你。人家外国模特穿什么都挺耐（爱）人的，就算哪都挡不上也不牙碜，看着还是挺舒服的，那叫身材。搁咱这普通人行吗？先别提钱，衣服白给你未必敢穿，就算胆子大点儿，再瞅咱这身段，运动服瘦点儿都塞不进去，整个一沉重的肉身，这不是自己给自己找自卑吗？所以，普通人的生活是远离时尚杂志的，别看有好多小闺女整天蹲地摊上挑过期的铜版纸杂志，也就看个热闹，像我这样的熟女省那几块钱我还买捆菜呢。

　　我一个朋友家里打了一面墙的书架，上面一本书没有，全是铜版纸杂志，一摞一摞的，跟专门倒腾过期杂志的小贩似的，她拿那些小资的画报当家庭装饰。她说，女人仰在沙发里手里翻着这样的杂志，泡一杯咖啡，那才叫生活。我心说，手腕子还够有劲儿的，

【市井·工具】

以前不仅孩子手巧大人也手巧,谁家没工具啊,随便问起谁,人家爸爸不是会打家具就会攒自行车,还有会蹬缝纫机砸活和用二极管儿自己攒半导体的。现在也有手巧的,不是偷自行车的就是拧门撬锁进屋划拉钱财的工具倒齐,什么锁都给你弄开。过日子人对工具越来越陌生了,手巧的人也少了,我们越来越懒。当人不再会使用工具,不知道这是不是一种退化。

【市井·胡同】

天津最大动静就数平房改造。外面下小雨屋里下大雨、打雷都得跑屋外面避雨的老房子一瞬间就秃噜了,再见到平房时,人家已经身价不菲,连名字都改了,叫别墅。现在钱少的都搬给推土机了。钱烧得难受的主儿住平房,楼房住着去了。

那些杂志的重量没一本一斤能下来的。

　　时尚领域实在是个教人翘首朝圣却太难攀附的领地，跻身其间，需要太多的物质支持和先决条件。捧着这些炫目的时尚指南的年轻男女（不仅局限于生理年龄），都是一副被众多品牌——洗脑后的虔诚表情。而我这样的俗人最多就当个大画册看看，跟80年代挂历上都是泳装美女斜靠汽车的靓照一样，点评几句顺眼不顺眼而已。

　　当"时尚"成为现代社会趋之若鹜的审美标准，在这个资讯与绯闻纷飞的时代，想借"土著草根"之名全身而退几乎没了可能。城市里最繁华路段的黄金商铺必然被全球顶尖服饰品牌稳踞，透亮可鉴的橱窗玻璃上折射出这些以天价著称的品牌LOGO，辅以数米高的巨幅海报霸气十足地晃着路人的眼。时尚杂志是时尚文化的直接衍生物，堪称时尚界的文化精英，镶有文化纹章的时尚族群。而里面内容我怎么看都觉得奢靡肤浅，咱整天上班，不认识时髦的人被邀请参加什么派对，那美丽的贵杂志就不该在报刊亭卖，这不是寒碜咱穷人吗，里面是个东西最便宜都上万。

　　我真想问问那些办时尚杂志的人，"你们的生活真有那么炫啊？所有的大品牌都会把衣服争先恐后送给你们穿，每年收到两百多份名人圣诞礼物，整天住五星级饭店参加最疯狂的派对，为了孩子能提前看到《哈利·波特》第四集不惜动用飞机送去巴黎？"

　　一堆充斥广告和模特的画册成了居家的软装饰，你说整天看着里面的人去巴黎看秀，被五光十色的晚宴、名流名人和闪烁的镁光灯迷惑，那样的浮华对我们此时的生活是多么的嘲笑，还看什么呢，你要把那当生活目标得累死。

　　我这样的抱怨也许能满足被挡在顶尖时尚之外寻常百姓的嫉妒心。可是，当你翻着那些大杂志想象着自己一下置身于比五星饭店还要奢华气派的摩天大厦，盛装款款穿过设计感十足、金碧辉煌的殿堂廊道，与迎面而来的型男靓女颔首擦肩，衣香鬓影间，空气里混杂着CHANEL、GUCCI和BOSS的气味。借助这些人的眼神，你也审视一下自己新置的短衫长靴是否足够抢眼，私人飞机空运来的独特香味是否魅惑持久，约会的对象均是全球顶尖的服装设计师或者哪个品牌的明星代言人。这日子是够爽啊。

　　可是，梦想照进现实，你不能总闭着眼自欺欺人。

　　几朵百合配在玫瑰中间，清香会是一种引诱，如果把几十枝香水百合捆在一起摆家里，能把人熏蒙了，厕所排风扇都用不上，再重的味儿都能遮住。时尚也是如此吧，买昂贵杂志的钱装饰家还不如读本书，看场电影。

就看自己不顺眼

JIU KAN ZI JI BU SHUN YAN

在我的感觉里，整形的人都得是那些毁了容，不做手术就得被起外号的人。可这些年把整容说得跟点痦子那么简单，要说拉个双眼皮文眉毛文嘴唇或者往身上画幅画也就罢了，现在动不动就往鼻子里塞东西，在脸面骨上动锉可真有点儿邪乎。

自从阿绿让以前一个同学撺掇得到处扫听去哪儿做整形美容手术好，我的心就一直悬着。就那同学，打小长着一口龅牙，上牙堂整天咬着下嘴唇，赶上雨天下巴都淋不湿，喝茶也用不着担心茶叶进嘴里，小板牙跟篦子赛（似）的。不知道她后来去哪儿把牙收拾了，再见面的时候那些在外面伸了十几年小挠子似的牙全回去了，让我们还真不适应。她就这么漂漂亮亮结了婚，生孩子那会儿我们都去道喜，宝贝打从娘胎里出来就鼓着嘴，那同学特别担心自己儿子成龅牙二代，跟我们直挤咕眼儿。那时候我开始教育没事就想整容的同学们，容貌是父母给的，就算你把自己整得跟电影明星似的，打肚子里出来的孩子会用自己的相貌揭露父母的谎言，回头孩子再自卑，家大人都长那么顺溜，怎么到他这成歪瓜劣枣了。要不如今整容行业火呢，做的都是家族生意。

但阿绿拧劲儿一上来谁都拦不住，再加上有人撺掇，拉着我就奔一家专做整容的诊所了。她在里面咨询，我在外面看墙上的照片对比，都跟交管局事故现场拍的似的，当然，整完的那些闺女特上相。我特意照了照镜子，每个人的五官都有缺陷，但光拿鼻子来说，墙上贴了好几种，比如塌鼻梁，生活里就没见过那么塌的，跟被踩了一脚似的，我直纳闷儿，这大夫从哪找的人啊；鹰钩鼻常见，老外摊上的多，挺帅的啊，可照片上的人却是个倒鹰钩，把鼻子安门后头挂衣服合适了；鼻头肥大那张整个儿就是牛魔王，我觉得没点儿仙气儿长不出这样的鼻子。

正看得我直翻心，阿绿在里面叫我，桌子上有个价目表，写着收费：1400元（合资材料，连手术费）；2700元（进口材料，连手术费）。我惊讶地看着她，不敢相信已经谈到价格这么实际的问题上了。那大夫看样子是做鼻子整形的专家，我还没坐稳，他就跟上瘾一样分析开我鼻子了，我赶紧示意他停，问他这手术怎么个做法。大夫很认真，说的都是专业术语："先要根据她的鼻形设计并雕刻要植入的鼻假体，采用鼻孔缘切口，在鼻背筋膜下分离并植入鼻假体，手术时间约二十分钟。隆鼻术大多在鼻孔内做切口，术后看不到痕迹，一般术后七天拆线。"我惶惑地问："往鼻子里放什么呢？"他反问："你想放什么？"嘿，这不是挑衅吗？我想插大葱能找你吗？

一会儿大夫又开口了:"可以放人造假体模型,也可取患者自己的肋骨雕塑成需要的大小形状后,置入鼻内。"吓得我都快瘫地上了,这要是得了绝症需要从身上取块骨头救急也行,为了隆鼻也得切肋骨,回头肋骨再不够用,上面是都美化完了,再看这人,跟肉虫子似的,只能在地上鼓秋。

我拉着阿绿就往外跑,只要我活着就不能看身边的朋友这么糟蹋自己。我用数码相机对着阿绿鼻子猛照,让她对比我的,她终于认为自己鼻子长得还行。后来有一天,我们一起遇见了下雨淋不湿下巴的同学,她说整形手术就跟上瘾似的,整了这儿看那儿又不顺眼了,她三年前整完的鼻子。其实我也没看出跟以前有什么不同,她鼻子尖上有个粉刺。美女问:"看我鼻子歪吗?"可惜我没卡尺,我摇了摇头,她说:"我现在排异了,得把假体取出来换个新的,这个直往外拱。"

吃饭的时候,我都想拿勺喂那个要换鼻子的美女,怕她一低头鼻梁子再掉盘子里,假牙好安,安鼻梁子谁也没这手艺。有了她的光荣事迹,阿绿终于再也不想整容的事了。

进小区请买票
JIN XIAO QU QING MAI PIAO

中国人要住什么样的房子,开发商说了算,搁 80 年代,有个三十平米的屋子都得弄成"伙单",至少挤两家,做饭上厕所什么的得排队。

二十年之后,摆在中国人面前的全是一百六十平米以上的大房子,光厕所就至少俩。每天开车,听售楼广告里到处吆喝哪哪哪在等待最后四十位邻居,后来一打听,每套房子全上百万,想当人家邻居,把自己孩子都卖了也未必能如愿。

前几天在百盛门口碰见以前一个同学,他当年因为干什么都嘀嘀咕咕的,所以早年落了个外号叫嘀嘀咕,以致我们这些人连他到底姓什么都不知道。嘀嘀咕脑袋上淋了不少定型水,头发跟钢盔似的,碰见他的时候他正在书包里翻来翻去,掉了一地房型图。我过去帮他捡了两张,四目相对,我刻意温柔一笑,以为他怎么也得特俗套地夸我两句还那么年轻之类的话,没想到,他张着嘴一把拉过我的胳膊："哎呀，你们家那儿的房子都涨到七千一平米了你知道吗？赶紧卖了能赚不少啊。"我瞬间拿心里的小算盘噼啪算了一下，确实翻了不少倍。刚想激动，猛一想，我把房子卖了住哪儿去？买新的不是更贵？让丫涨去吧，反正我也没钱。

嘀嘀咕也不知道发了什么横财，自己房子刚把贷款还清，又在广告做得特别邪乎的地方贷款买了一套两百平米的HOUSE，那地方描写得跟欧洲似的，我去过一次，一进小区蚊子都撞脸，生态环境倍儿好，从车站走到单元门，我腿上被咬了一串包，边按门铃边蜷缩着挠腿，在那么一个绅士居所显得特别没素质。

所以在嘀嘀咕强烈邀请我去他家的时候我一个劲儿摇头，但他像个推销房子的售楼员，一直强调他老婆如何想念我，弄得我把去超市买醋的茬儿都忘了，毅然决然跟着他上公共汽车了。那片老外给设计的宅基地在外环线边上，你在大马路上跳舞都不会被轧死，因为车实在太少了。没商场没超市，满眼都是被开发的高级住宅。

逛荡了将近一个半小时可算到了。他买的小区我还没参观过，进去就觉得特肃穆，甬道上走的都是保安，看见我们这样的便衣马上立正就敬个礼，一路上有三拨给我敬礼的，每次我都在心里默念"同志们辛苦了"，并且特别礼貌地点头哈腰。我问嘀嘀咕："这得多少物业费啊，把房主地位提那么高，跟进了中南海似的。"他得意地点了点头："品质。"再往里走，立一块碑，全小区业主的名字都在上面，跟祠堂似的，眼神不好的得跪那儿磕几个头。

嘀嘀咕家在三楼，看出地方富余来了，像咱家那点地儿，进门就得换拖鞋，人家换鞋的地方在二道门，中央弄得跟盘丝洞似的，也不知道打哪搬来块那么大的假山，瀑布上还冒着白烟，就差白骨精了。他们家地上铺了密密麻麻的鹅卵石，嘀嘀咕光着脚丫子进去了，说这样每天都能足底按摩，我也把鞋甩在外面，一心想看看穷人乍富是什么样。

　　客厅里一屋子仿制的明清家具，两个大樟木箱子摆在墙角，嘀嘀咕说这是他们家最贵的家具，五千多一个。我随手打开了一个，全是这两口子的破鞋烂袜子，里面的东西能值五百块钱就不错了。据说另一个箱子里装的是被子，估计也不值钱，他们家被子都是在老家弹完棉花送来的。一万多块钱能买多少卫生球啊，真能糟蹋钱。

　　高级社区二百平米的房子总不能跟咱小屋子摆的东西一样，一人高的大瓶子就俩，我说："你们俩跳瓶子里，一个国王一个王后，就着木地板上那么多格子能下盘国际象棋。"他还处于兴奋期，一件一件东西指给我看，那些摆设那些用品在我眼里没一件实用的，这些话我没好意思说。

　　一会儿，嘀嘀咕的老婆回来了，也是我的校友。我们在屋里跑着进行最终的拥抱，她把汗和香水蹭了我一身。我赞美道："你们房子布置得真高级，一看就有品位。过日子得花多少钱啊？"

　　她拍着我的肩膀说："我们所有的积蓄都搭进去了，过日子的钱大头儿就是还房贷。我们平时上班，各自在外面吃完饭回家，周末去老人那儿。离市区远,平时没人来串门,日常花销,也就是买点儿手纸。"

送我走的时候,两人还在合计,嘀嘀咕说:"我们打算买个车位。"我问:"你们打算买车?"他老婆说:"我们还没学车呢,不过,这不是大趋势吗?先买下来,预备着。"临别时我语重心长地说:"你们这儿的小区应该对外卖票,甭管串门还是办事,一百一张票,少了门外头站着去。"

挑剔得像个贵族

TIAO TI DE XIANG GE GUI ZU

我发现现在的人都挺爱显摆，层出不穷的模仿秀让大家忙得像个听见铃声的狗，吐着舌头东奔西跑，直到快累瘫了还不知道丰盛的午餐在哪儿。

我也经常尝试着去假装一下格调，它们在我平淡无奇的生活里占据着一席之地。我和我的朋友们经常会在特格调的情绪里突然发现自己的庸俗本性，但我还是喜欢时不时地感受一下生活的情趣。

比如我每月都会买《世界服装之苑》和最近一期的《TIME》，当身边有人的时候翻阅这两本杂志的频率就会多一点，而且杂志里的图片大多是在公众场合看完的。我深刻剖析过自己的这一特征，而且发现很多跟我一样看着铜版纸杂志的年轻人都比较喜欢临窗而坐，把杂志翻得山响，在翻着一种有别于小市民的感觉。后来才知道有人管这叫作秀。生活真是大学校，没学就会了。

可那些铜版纸杂志和港台电视剧确实引领着我们的消费，甚至成为行为的命题。我就爱尝试陌生的外国品牌，上个星期刚花一百八十元买了一块美国的原装香皂，售货员说连朱莉亚·罗伯茨都用这个香型的。可我一直不明白外国人身上怎么有那么多油，因为我刚用一次浑身就被洗得生疼，全身除了一股连狗闻了都皱眉头的香味以外，我就只能趴着睡觉。我现在拿朱莉亚·罗伯茨用的香皂洗脚。

生活总是丰富多彩，在大环境里我如鱼得水寻找着自己喜欢的生活方式，我往往会像蜜蜂一样找到一个新鲜事物就拼命叮咬吸吮，星巴克就曾是我的目标。

在北京，满大街都是这种小咖啡店，也没多少人，我从不进去，嫌俗。可据说天津才刚开第一家时火得不得了，于是约了几个朋友在那儿见面。居然没座了，我们像等红焖羊肉一样站着闻咖啡味。有个朋友感叹地说，用咖啡豆煮出来的咖啡就是香，其实我们看到的只是摆着的几粒咖啡豆样品。

我们仰头看着价目表，照最贵的要，服务员不知道说着哪种外语，起哄似的喊着咖啡名。我们就在大呼小叫的声音中各自举着有名的异国咖啡临窗而坐，看夏天里依然跳跃着火苗的假壁炉哈哈大笑。

我嫌星巴克的咖啡糊嘴，还有人觉得像吃了一块咖啡糖，一个朋友已经不自觉地卷起了裤腿说，咱还是吃羊肉串去吧。我们还是尽情享受了一会儿天津最火的咖啡馆风情，直至恶俗的大毛尾巴再也藏不住才走出星巴克。我们边走边说,这地方既不安静又让人拘束,下次可不来了。

我的生活就是这样,挑剔得像个贵族,其实骨子里是个小市民,学着过高级的生活还经常露怯,可是我喜欢这样。跟朋友们交流一下露怯的趣事也是我经常龇牙大笑的理由。

药片改变世界
YAO PIAN GAI BIAN SHI JIE

....

　　科技这东西还真厉害,润物无声。很多另类食品进了超市,这只是一个开始;那些打扮得漂漂亮亮的怪异净菜多少让人们对绿色有些疑惑;还没搞清楚无抗奶是什么东西很多人已经开始喝了;加了各种微量元素的饼干、饮料不断向你灌输健康新概念;二十六甚至更多种维生素浓缩成的一枚药片能让你整天不吃不喝,而现在,又有困了也能不睡觉的药。

　　我们就像一群被放养的动物,用自己的身体过滤各种科技养分。最早流行吃维生素药片那会儿我也尝试过,就是到了吃饭的点儿,人家吃饭你吃药,一大把花花绿绿的东西据说能补充很多养分,然后喝水,要不停地喝,那药的好处是不给身体增加负担,没有饥饿感,而且身体会比吃饭得到的营养多……在一个月里,我的桌子上摆满了各种大小的瓶子,它们就是我的生命之源(广告上是这么说的)。药片很大,一次只能用水冲下去一片,一顿冲七次,而嗓子就像个劣质的抽水马桶，牙齿简直成了个摆设，我所有的时间都在仰着脖子喝水，如同一只倦驴。因为药的最大功效是睡觉，人家品尝美味的时候我一般在梦里，而且经常是醒了还困。一个月后，关于时尚的尝试结束了，在那场浩劫里人胖了二十多斤。

现在我们又即将迎来可以克服倦意的药，它能保证八小时的精神头儿谁都相信，其实就算不吃药，只要睡眠充足身体健康，我们的工作效率一样很高。可科技依然游说着我们对新鲜事物的好奇，以后困了倦了，不用喝红牛，不用嚼茶叶，不用冲咖啡，吃片药就行。因为专家说虽然不睡觉，药力依然能让我们的生命有氧燃烧，身体不会受到任何损害。

我倒觉得可以把两种药搭配着卖，一个可以让你不吃饭，一个可以让你不睡觉，再加上那些高科技食品，我们绝对可以成精了。所有的肉身都成了生活机器，我们的胃、牙齿、眼睛、内分泌、代谢系统大概都要重新考虑它们的功能，而节省出来的大把时间我都发愁怎么使。

照此发展，以后家里床就没必要摆了，钟表也别挂了，因为时间富余得简直成了累赘，粮店都可以改药店，八大菜系会变成八大药系，满汉全席也会变成满汉药席。大家敬酒时会说：张兄，这钙片味儿不错！那位说：还是您先尝尝肾白金。用不着点菜，端上来的都是一碟子一碟子药片，也别问："你饭量大吗？"要问："药量如何？"精力充沛的人不用坐车，都跑着上班算了，电视里的广告词也要变：我们的目标就是——（孩子们举起药瓶）没有睡眠！什么蛋白粉、卵磷脂掺一起,一人来两碗,所有的人都跟小牛犊似的,没黑没白不知死活,这世界太可笑了。那个时候大概科学家又发明了更先进的药片,我们成精或者成仙,全靠在那些小药片中不停修炼。这多哏儿啊。

第二辑

老窝

人吃苦受累图什么呢，买房子置地成了最实际的梦想。以前房价便宜的时候没什么人买，大家把钱都放银行，拿着存折心里踏实。现在利息调来调去，该多少，人家说了算，想存钱抓号排队，除非你扛一麻袋钱往银行送，那才能给你开个VIP通道不用跟在穷人后面挨个儿。存好几年的钱，就给那么点儿利息还得给银行交税，谁愿意啊。干脆把那点儿可怜的积蓄取出来，买房子，拆东墙补西墙，向银行借着高利贷，现在一万多一平米的房子大家能急红了眼一样抢，眼巴巴地等着升值。

给自己在大城市里安个窝成本真高。

一只欠揍的鸡

YI ZHI QIAN ZOU DE JI

....

我爸他们楼下不知什么时候搬来了一个腿脚不太利索的老大爷,他很少跟人打招呼,每天把一个旧躺椅拖到树荫下,旁边摆着个茶壶,自斟自饮,饿了买二两包子,在外面一待一天,估计风餐露宿惯了,乍一住楼房不太适应。后来这大爷不知道打哪儿弄来一只鸡,长相特中性,嘴特别欠,看见刚学走路的孩子就追着人家啄,大爷就一瘸一拐在后面甩着根儿树枝喊,撵上就将它按倒在地,跟逮小偷似的。

多日不去,再去,那鸡已经出落成大老爷们了,隔着一身毛都能看出它身上的腱子肉,跟山大王似的脖子上有几根毛还总戗着,带一副厉害样。翅膀明显退化,跟给谁撅了一半似的,短粗,一走路就端肩膀。这鸡魁梧得像个糖三角,没什么家教,只要它想打鸣,扯脖子就喊,从来不管天亮不亮。老大爷每天跟这只鸡说说话,糖三角就站在他旁边,很少走远,也不像那些没文化的家禽,一出来就叨垃圾箱或者调戏蚂蚁,它只吃人饭。老大爷吃什么,往地上扔点儿就够它吃的了。有时候糖三角犯脾气，挑食，老大爷能治不了它？出其不意一把捉住鸡脖子又将它按倒在地，大爷就这一招，够用一辈子的。糖三角倍儿服他，最后只要一听主人怒声呵斥，立刻躺倒在地，你都不用动手，人家自己歪着脖子躺着吃，大爷不发话，它就不敢站起来。

糖三角躺着吃饭都成一景了，经常有小孩央求大爷让鸡躺下，糖三角也怪倒霉的，有时候大热天得在地上躺半个多小时，还得兼顾表演装死，能闭眼闭半天呢。

开始大家都挺喜欢糖三角的，因为它长得确实不太俗，而且自信，你看它，它也看你，估计要会说话早跟人搭讪上了。它从来不正眼瞥那些狗，在它眼里那都是些小混混，谁要敢在它的地盘拉屎撒尿那么没规矩，糖三角呼扇着翅膀摇晃起五短身材就往上冲，拿自己当大老鹰了，那些狗吓得都绕着楼门走。

某天，我去我爸那儿拿东西，看见我们楼后有一家在办丧事，支起了一个大帆布棚子，棚外放着俩石头墩子，最奇怪的是每个墩子上摆着一只大公鸡，长得都跟糖三角差不多，绝就绝在两只鸡都不动，跟雕塑似的，我还纳闷呢，这标本做得也太惟妙惟肖了。到我们楼口，正好看见大爷拖着躺椅往外走，我帮他把椅子支好，没话搭话问："糖三角（我给鸡起的外号已经在小区传开了）哪疯去了？"大爷说："前楼不是有丧事吗，被借去守灵了。"我一听，糖三角现在行啊，都往签约路子上走了。趁着新鲜劲儿，我又跑人家花圈前面看糖三角去了。那孩子也不东张西望，我吱吱吱地喊它半天它也

[市井·黄大发]

2005年的时候天津把满大街跑的、黄面的都淘汰了。我还挺惦记那车的。大发虽然破点,但能装啊,挤挤里面能塞进去十个人呢,起步价还便宜,几个人一分摊跟坐公共汽车似的,还不用站着。赶上风大雨急一招手,人上副驾驶、自行车在后面一扔,满好。现在满大街都是红夏利了,偶尔能看见几辆更高级点儿的车,可一点都没亲切感,有些夏利也够破的,车座都塌了,一上车屁股隔着两层布就给支弹簧上了。也不知道什么时候才能鸟枪换炮,弄点高级的给咱这地方抬抬点儿。

[市井·蜂窝煤]

小时候的冬天必须往楼上运两种东西,煤和大白菜。

记忆里,冬天来的时候,我跟着爸爸拿着煤本排队买蜂窝煤,一个冬天每家给千十来块煤吧。有路子的可以借来三轮自己拉回去,能省点钱,没路子的就雇煤店的伙计给往家拉,给钱人家可以往上扛,一层多少钱都有标准,跟搬家公司似的。我们那会儿没钱,就让伙计把煤码在楼下,晒一下午再往楼上运。记得我爸在阳台安了个滑轮,拿个破筐子,一次一次往楼上摇。我装他摇,腰都快断了,把手都快洗秃噜皮了,指甲里还挂着黑煤沫子,显得特脏。这样的记忆持续了很多年。

不理，它的俩爪子被两根绳子固定在石头上。真敬业啊，估计有人让它哭它都能跪那抽泣，电影演员的坯子。

大概因为见多识广，糖三角开始自我膨胀，摆不正位置，经常拿自己当人。它在路上走，后面自行车、汽车按喇叭摇铃铛都没用，糖三角回头白你一眼，接着走，绝不靠边。弄得一群人都得跟在一只鸡后面，而且它看你的眼神特别欠揍。估计现了原形也是个混混级的，一身肥肉描龙画凤。这几天糖三角多了个毛病，看见穿得不讲究的老太太就追在人家后面啄后脚跟，弄得那些老太太一边呀呀叫一边蹦，糖三角就在后面得意地呼扇翅膀。那些穿连衣裙身上喷点儿香水，满脸褶子比我奶奶还多的老太太它就放过，审美严重存在缺陷。有不着调的孩子给糖三角面前撒过耗子药，糖三角是吃人饭长大的能看得上那些花花绿绿的棒子粒儿？这年头连耗子都不吃了。也有人想拿砖头给它拍死吃鸡肉，但糖三角的智力除了不会说话，什么心眼都有，你根本追不上它。

糖三角至今还在用业余时间给街坊四邻表演装死和躺着吃饭的绝活儿，眼神还是那么欠揍。

如厕也要国际化
RU CE YE YAO GUO JI HUA

要说北京还真是国际化大都市，什么都得接轨。前几天陪赵文雯去找一个朋友办点儿事，路上水喝多了，见面连客气的力气都没有直接问人家厕所在哪儿，他说三楼，我噔噔噔就上去了，捋着楼道这通找啊，就差挨屋推门了。最可气的是每个屋门框上都钉着英文单词，谁知是干什么的屋子，也不敢愣进。你说这么高级的写字楼就算不写厕所，怎么也得画个人儿，或者写WC吧，怎么可能什么都没有呢？我正蜷着腿挪不动步，赵文雯也跑上来了。特别熟门熟路地把我带到一个门前，往前一推。嘿，还真是个厕所。我正疑惑，赵文雯开口了："就知道你闻不见味儿不敢随便进。从今年起北京的WC都变成Toilet，名正言顺。因为英语中WC是：Water-Closet(冲水厕所)的缩写，其内涵像我们的茅坑，虽原生态但意思粗俗，西方国家早就不用了。奥运会前所有的公厕都要改为Toilet(洗手间)。他们公司上周换的标识。"天哪，这单词也太复杂了。

因为受了惊吓,我起来的时候猛了点儿,后面裤口袋里的诺基亚8210咚的一声就掉马桶里了,跟跳水运动员一样连水花都没激起来。我大叫一声,赵文雯冲了进来,看着只露一点儿的手机她大骂:"你怎么跟男的赛(似)的,手机就不能放包里,非插裤口袋干吗呀!"可我已经顾不上什么男的女的了,手机花了两千多块钱买的呢,下手捞吧,手太大掏不进去,我得去找家伙。可我回头一看心里一惊,因为马桶前后左右都没有排水按钮,这么高级的写字楼没准人家用的是电子眼,看你屁股离开就冲水。这下可坏了,裤子还不敢提了。

赵文雯没有任何生活常识,她也不知道用什么能把我的手机掏出来,光在那儿骂我,跟把她手机扔进去了一样。我眼含热泪地看着赵文雯说:"我不知道老外遇到这种情况怎么办,国际接轨太不到位了。现在只有一个办法,那就是我去找家伙捞手机,你代替我在这儿撅着,估计电子眼不会分辨咱俩的臀部有什么不同,厕所又不是裁缝。"我还在那儿滔滔不绝地分析,赵文雯就差从马桶里舀杯水泼我脸上了,好在她没家伙。

无奈之下,她很认真地从我后面迂回过来,两个做着色情动作的女人东张西望,赵文雯说:"这厕所里没摄像头吧,回头再把咱俩发网上。"我没理她,在她站好位的同时我穿好裤子,轻出一口气,因为没冲水,我的8210还在里面泡着。我蹑手蹑脚出了小门儿,去大楼物业要工具,他们盘问我半天,派一个中年妇女拿着工具箱跟我进厕所。

我们门还没关上,就听哗啦一下,吓得我腿都快瘫了。我大喊"我的手机！"赵文雯满头大汗，衣冠齐整地从小隔断门里出来。"天地良心，我没动啊，不知道为什么就放水了，我总不能跳马桶里拿身体给你把水挡住吧。"

背工具箱的女人很臭美，说这是智能化厕所，与国际接轨的，还说要是厕所因为我的手机堵了还得追究我的责任。我让赵文雯拨我的手机，那手机心眼也挺多的，自动关机了。我看着这破厕所每个门上的英文单词就来气，恨不能买几个皮撅子全给它堵上，连个厕所都不因地制宜，哪么多老外到处上厕所去，回头再把中国人全憋坏了。

80年代的澡堂子
80 NIAN DAI DE ZAO TANG ZI

　　我没进过那些门口有迎宾、四处都是抹着金粉的石膏柱子的洗浴中心，洗澡这么个人这么简单的事怎么能在那里面进行呢？我曾经绕着一个大洗浴中心转过一圈儿，发现那栋豪华房子连窗户都没有，万一发生火灾跑都跑不出来。我没进去过洗浴，而且坚决不去洗浴中心的事一度被同事嘲笑，他们觉得我太老坦儿，胡编的时候胆子特大，一动真格的，立马瘪词儿。

　　我还记得小时候，去南大职工浴池和学生浴池洗澡，男的一三五，女的二四六，每次洗澡的时候人都很多，经常要光着身子站在别人的喷头下等着她注意到自己。站姿很尴尬，经常会遇到同学，然后两个人拘谨地光着聊某个男生，有时候遇到的人多，就一群人嘻嘻哈哈，动情的时候还经常互相推搡，这时候，我们冰凉的身体会撞到走过来的热乎身体，那些女的则厌恶地瞪我们一眼，好像我们蹭脏了她们，在我们的喷头底下要使劲儿喷一会儿才走。我们安静地等着，干搓，或者挠头发，等那女人走了，我们再哄然而笑，骂完刚才那女人，接着聊男生。那时候，女浴池，跟女生宿舍没什么区别，人多的时候，反倒不觉得尴尬了。

有一次，家里来了个外国亲戚，我叫她表姐，是一美国人，也不知道这辈分怎么论的。她的临时户口落在我家，那时候小单元里有厕所就不错了，因为我不会说外国话，所以没问出来美国人民都去哪儿洗澡。我当时的任务就是带这美国女孩去澡堂子，我骑着倍儿新的永久车（那是我上初中的礼物），一想到澡堂子里那股人肉味儿，和光身子站着等喷头的尴尬劲儿，一路上都觉得丢人。其实我已经用标准普通话跟她介绍了这所名牌大学公共浴池的最大特点了，但很显然，她的中文也就处在"谢谢""再见"水平，所以，我说话的时候，她始终温和地对着我笑，倍儿谦逊，弄得我心里直嘀咕，有嘛可乐的呢？

我经过了严重的心理斗争，带她去了留学生宿舍的洗澡地方，那地方当时是最高级的，我们从来只有仰慕的份儿，我们拿块大肥皂浑身打的时候，人家走你身边，风里都带着股香味儿，多迷人啊。当时澡票一个人要了两毛钱，已经很贵了，我们进去，里面的设施跟澡堂子一点儿区别都没有，也就人少点儿，而且我们去的那天也没见着有黄头发的老外。破木头箱子，大长条凳子，上面沾着被弄湿的报纸。里面人说话的声音被那个空间弄得很古怪，跟拿了话筒似的。我带的这位瑞伯卡姑娘当时比我大了十来岁，她跟我说了几句话，但我没听明白，干瞪着眼站着。她在我的注视下，把一块大白毛巾被裹在自己身上,就露一个脑袋,然后从随身带的包里拿出杯子、牙刷,并抹上牙膏,往浴池里面走。我惊在那儿,心想,她来,难道是要洗脸的?

我没好意思跟进去看,也觉得不太合适。一个人坐在更衣室的长凳子上等着,闷得我浑身冒汗。后来她出来了,我一直关切地盯着她的表情,似乎并没看出她有什么不满。随后的日子,她就自己来洗了。这姑娘每天骑着我的自行车一走就是一天,也问不出去哪儿了,因为我告诉过她"找不到家就找派出所",她听懂了,几乎每次回来都是被警察护送回来的。弄得邻居以为我们家收容了个女特务呢。

后来,这女孩回国了,很多年后寄来一张照片,胖得已经不成样子,结了婚,有了孩子。再无音信。估计到老,她也会记得中国澡堂子的样子,记得那些光着身子还有说有笑的中国女人。

当然,我更记得。那时候抢淋浴头是需要技巧的,要不然你总得在旁边站着,看别人,被人看。能淋上水,在那地方是件多有成就感的事。当别人刚要洗完头,脑袋正往上抬,你赶紧把自己脑袋伸水底下去,只要脑袋挨上水,身子就赶紧往里进,这样,就能把正洗着的那人从淋浴头底下挤出来。当时,只要有一个人洗上,这人准一边在水底下扭身子,一边伸长脖子喊自己的姐妹,其余的人迅速围拢过来,占领一个喷头是令人兴奋的。

现在的洗澡都是把自己关厕所里,电热水器一开,单打独斗二十来分钟就出来了,一点儿记忆都没有。当年,我们一边洗一边背政治，对题什么的，聊男生，给老师起外号也经常在澡堂子进行。

现在洗澡的地方真高级，管饭，能住，还提供特殊服务。以前评价一个澡堂子好坏的标准无外乎是，水流大不大，喷头多不多，水热不热。我听那些去大洗浴中心见过世面的同事说，人家洗牛奶浴，想象着都恶心，早晨的牛奶我都喝不下去了。还说，能在木桶里洗，跟古代宫廷电影演的似的，咱也不知道跟螃蟹似的在木桶里坐着有什么美的，多憋屈啊那么大个地儿。一个总去洗浴中心的女同事无比陶醉地说，你知道有人给你搓澡有多舒服吗？我皱着眉头摇了摇头，光身子躺床上，跟鱼在案板上等着刮鳞似的，碰了痒痒肉还不敢笑，得忍着，要是她手法好，搓出的泥再多点儿，得多被人笑话啊，那搓澡的不定得怎么想呢，一女的，一身"泥柜柳"还好意思来这大地方，为来一趟不定多少天没洗澡呢。

加上一严打洗浴中心就有事，还是离那地方远点儿好，别澡没洗想看看新鲜，再被曝了光，出来的时候还得拿胳膊挡自己的脸。还是自己一天一个澡在家祸祸水吧，还能哼哼歌呢。

宠物拿人

CHONG WU NA REN

....

我不太明白为什么家家户户要养狗,无论是进门有保安给你敬礼的高档住宅区,还是楼道连门灯还得自己从屋里牵线的老楼,很多人都跟老地主似的养着狗,有的一养两三条。一早一晚小区里都比较壮观,狗跟牲口似的在前面牵着主人跑,还挺卖力气,呼哧带喘的。不过最近乡亲们和大狼狗都不受待见了,出来的频率明显降低。

赵文雯终于流着眼泪把他们家那只长着下龅牙的花姑娘送给了正在给别人家装修的民工,就她那狗,整天好吃懒做,唯一的运动量就是往人腿上蹭点儿脏毛。脑袋上头扎了好几个小辫这才看见眼睛,一点儿不水灵,跟得了几年白内障赛(似)的,眼角永远挂着黏稀稀的分泌物。连我们小区一只瘸腿瞎了一只眼的狗都下了好几窝了,花姑娘却连对象都没找着,可赵文雯这个审美失常的人整天抱着她的心肝,不知从哪弄了块破布还缝了好几身皱巴巴的衣服。

最近电视里总播狂犬病的危害,弄得赵文雯心神不宁,她知道正经人家不会收留花姑娘，专奔有电钻声音的地方去，终于碰到了有爱心的民工，把花姑娘塞自行车筐里就走了。

屋里空了，赵文雯有点儿没着没落，整天跑我这串门儿。我像安慰一个刚送孩子去外地读大学的母亲，为花姑娘的前程进行了不切实际的遐想，她还行，在我们家吃了两顿火锅情绪明显好转，也不再提花姑娘的事。

消停了两个多星期，忽然一天半夜，防盗门狂响，我飞身而起，门没开利索，赵文雯就挤进来了："你车在家吗？跟我去趟医院，难产，可自己生不出来，咱快走吧。"我还在门内大呼："谁家啊？"她已经出去等我了。我以最快时间翻出一千多块钱放进口袋就往楼下跑。

赵文雯随后上车，我说："产妇呢？"她说："这不抱我怀里呢吗？朦朦，阿姨送你去医院生宝宝啊。"我扳过后视镜一看，被子里一张猫脸。

我们半夜去了一家跟汽车修理厂似的宠物医院，砸半天门，居然还有值班大夫，急诊挂号二十块钱。我刚坐塑料凳子上就听见一个穿白大褂的女人喊："病人家属过来一下"，赵文雯正亲吻着她不知从哪弄来的孕妇，我只好走过去。

那女人把一张菜单似的打印纸给我，上面写着：给氧50元/次，吸入麻醉费400元/例，剖腹产600元/例，红外照射50元/次，创伤处理及缝合200—500元/例，天啊，我带的那点儿钱居然都不够。我拿着单子表情严肃地走到赵文雯面前皱着眉头问："你带了多少钱？"她连头都没抬："400够了吧。"我肺都快气炸了："400只够麻醉费的,你以为是人生孩子呢?"

我们用了一夜时间守候在赵文雯三天前捡的这只流浪猫身边,我连身上的零钱都拍桌子上了,这样,还说了无数好话让院长签字才免了我们二百来块钱。赵文雯抱着产妇,我用一块布裹着它的四个黑白花孩子,无比悲壮地上了我的捷达,我都替她愁,大冬天不但伺候月子还得照顾孩子。赵文雯倒挺兴奋,真跟人家家属似的,就差砸超市门买喜糖了。

赵文雯让我陪她睡,我断然拒绝,她很没经验地问:"你说得注意什么呢?"我说:"别让它着凉,别碰凉水。"赵文雯若有所思:"猫洗脸不是得自己用舌头舔吗?"我心说,你想替它舔人家还未必愿意呢。

当我再次看见那只叫臊臊的猫的时候,它已经出落得跟二流子似的了,一副游手好闲的样子,而且打架偷盗无所不能,我们家真皮沙发成了它磨爪子的地方,赵文雯刚买的新鞋被它扔了一只。这败家子看见路上有黏痰就舔,有一天还叼了一只死耗子回家。我跟赵文雯抢着擀面杖点着臊臊的鼻子扬言再这样就把它乱棍打死,那倒霉孩子似乎受了惊吓,大气没敢吭就躺地上装死。

过了没几天,一楼的奶奶说家里进了老鼠,让赵文雯把猫抱他们家去。可晚上,我们眼睁睁看着老鼠出溜进厨房,臊臊却在纸箱子里呼呼大睡。我气急败坏地跟赵文雯说:"这么品行败坏的猫你要不扔我就搬家!"

三天后,一个民工去赵文雯家把臊臊及它的四个孩子带走了。

我想歌唱可不敢唱
WO XIANG GE CHANG KE BU GAN CHANG

現在盖房子的就是想得周到,厨房客厅什么的都是一个,厕所给你造俩,多人性化。我去过好几家都这样,开始不太适应,一拉门是厕所,走几步,一拉门还是厕所,不交费我都觉得不好意思。有人家的厕所是按性别分,有人家是按远近关系分,有的则是按排泄物质和落座时间长短分,跟切生食一把刀切熟食一把刀似的,那叫一个细!其实我也挺迷恋干净厕所的,尤其小空间里弄得倍儿香,马桶里的水怎么冲都是蓝色的,抬手就能揪一张特别柔软的纸,左看右看哪哪都是古怪的小摆设,那厕所,让你一屁股坐下去都不想出来。

有一次阿绿在她家私房厕所门口问我:"你遇到的最尴尬的事是什么?"我用手弹了一下她挂门上的芭比娃娃很认真地想了想,忽然发现所有的尴尬都跟厕所有关。上学那会儿忘了去哪儿旅游,一大群人,路上堵车半天动不了劲儿,阿绿开始还挺平静,后来就开始抓耳挠腮坐立不安，我说："你吃兴奋剂了？"她攥着我的双手说："我想唱歌！"我不用摸她脑袋都知道她没发烧，一大车人她居然还有心思唱歌，然后就说："你小声唱吧，再难听警察也管不了，堵车110进不来。"她没理我手还攥着，我说："你不会是想去卡拉OK吧？"她忽然急了："我要撒尿！快憋不住了！"我这才反应过来，我拎着她的耳朵"你跟我还装什么洋蒜啊，撒尿非说唱歌，幸亏现在说了，再耽误会儿我就找司机要伴奏带去了。"我手搭凉棚往远处那么一望，二百米以外就一棵刚栽的小树，跟墩布把那么粗，能挡住什么啊，往那一蹲更明显了。但此时，阿绿已经像离弦的箭一样，冲着那棵树就跑过去了，我都怕她脚底下刹不住再把人家未成年树撞折了。阿绿去树下唱歌了，她说差点儿把小树给浇死。

再说我，更可悲。有一次不知道吃了什么不干净的东西，刚到超市忽然肚子疼，不上厕所就不行了，但我忽然绝望地发现口袋里除了钱什么都没有，可当时的情形根本不允许我从架子上拿包纸再去排队结账。我弓着身子提着丹田气问了一个明白人，说厕所在二楼，我一边往电梯那儿跑一边琢磨，平时站两边发小广告的倍儿多，都往你手里塞，今天需要纸的时候没人了。好不容易到二楼，可算看见一个穿围裙的往人手里掖广告的了，我直奔过去，好么，给我两张美容小卡片，倍儿硬，上面还有一层塑料膜。我鼻子闻见我已经离厕所越来越近，急得我脑门上直冒汗，总不能到处找人要纸吧，这时候我看见墙上一张银行理财产品的广告，心一横，顺手撕下一块儿赶紧揣兜里。到厕所一看，排长队，你说咱不是孕妇也看不出有残疾，一头扎前面夹个也不合适，不是憋急眼了谁往这儿上厕所啊。可怎么憋急眼的也有高峰期呢，所有人表情都挺严肃，我只能咬紧牙关等着。敢情这门口还有收费给纸的，五毛钱一位，一块小牌子上写着只许"唱歌"。我口袋里只有十块钱零钱，可那大姐说没零钱找让我等着，我哪等得了啊，告她剩下的九块五可以当小费也可以请后面的女同志上厕所。

　　大门是进了，可小门全关着，每个门前堵三个人，那些女的也是，一点儿不麻利，进去就出不来。几个被憋得够呛的陌生女人互相问："那里有人吗？怎么半天没动静呢？"我用最后一点儿气力砸了砸小门，没声音，连敷衍的哼哼声都没有，估计门坏了，关得也并不紧。一个大姐看意思比我更着急，用拔河的姿势一把将门拽开了，里面一个蹲着的女性用厌恶的眼神望着我们。

　　终于不用提着气的时候，我脚步如飞出了女厕直接往前走，猛抬头看见一男的正往外走，我们都一愣，余光里全是小便池，吓得我一哆嗦，合着女厕所跟男厕所对门，我没拐弯直接就进来了。

　　有的时候去别人家串门，赶上不去厕所不行，又赶上人家抽水马桶坏了，也没家伙接水冲厕所，只能老实交代在厕所干了什么，眼睁睁在主人眼皮底下端着一盆一盆水浇灌厕所，那一刻，我跳楼的心都有。还是在家里多备几个带香味的厕所好啊！

我想有个游泳池
WO XIANG YOU GE YOU YONG CHI

　　我特别羡慕那种家里带游泳池的大庄园，以前只在老外的电影里见过，但随着房地产商一窝蜂似的为富人服务那干劲儿，我还真见识了在楼顶子上安游泳池的，没泳道，整个就一戏水池子，也不知道夏天招不招蚊子。

　　人家财主不会请我们在房顶上戏水，所以还是老老实实去游泳馆得了。

　　我约了阿绿。我亦步亦趋地跟在她的屁股后面，阿绿跟谁都熟，到处搭隔，我则满脸堆笑地在后面向跟她说话的人点头，示意我跟阿绿很熟，我是她的人。因为没给暖气水也凉，这季节去游泳的人很少。站在空旷的游泳馆里鸡皮疙瘩很快就起来了，室内温度太低，我蹲在池子边，用手往身上撩水，简直跟日本鬼子逼供赛（似）的，一撩一激灵，冻得我直哆嗦。阿绿说，你得运动运动。说着，就把俩大粗胳膊往脖子后面一搭扭起腰来，肚子因为没提气所以挺在那儿,她很舒展,根本意识不到自己还有两根那么粗壮的腿露在外边,我可不好意思,于是,我一咬牙一闭眼就跳进去了。水深最浅的地儿一米九,我玩命蹬腿冒出脑袋,水那叫一个凉,不自觉地开始上牙打下牙,当当的,倍儿有韵律,要舌头顺溜能就着说快板儿。阿绿戴着刚买的游泳镜和嫩粉的胶皮游泳帽,倍儿专业,在水里也不显胖了,人家自己游得倍儿美,而我这儿还哆嗦个没够,一点儿没完的意思。

瞅差不多了,我才开始往对面游。六个看场子的人坐在高处看着水里有数的几个人,池子里的人都有些三脚猫功夫,没一个沉底儿的,所以他们就没什么事干,打个哈欠能拉很长声音,整个游泳池都显得懒洋洋的。

当我终于游到对面,发现有一块水倍儿热乎,谁刚在这尿了泡尿?我把心一横,就算是尿我也在这先待会儿。后来阿绿说这是一块热水区,我说呢,谁膀胱那么大,还热乎起来没完了。

游了不到一小时,阿绿说,咱走吧。我就从热乎水里钻出来,费劲巴拉地往她那游。上了岸才发现,没带拖鞋是多么难受,地又湿又滑还冰凉。我踮着脚尖,只用几个脚豆走路。洗澡的地方是敞开式的,最古老那种,也是我最熟悉的。我们站在水龙头底下,醍醐灌顶,没喷头,大水柱子从脑袋顶上砸下来,搁一般人得蒙,我都不敢洗头,怕把我头发全冲没了。

我已经洗完了澡,开始洗泳衣,阿绿也在收拾东西,忽然掏出一个小塑料袋:"这有包浴盐,咱用了它!"我问:"你说浴盐是咱吃的盐吗?"她二话没说,用手从塑料袋里勾出一块就捅嘴里了,然后一边啐吐沫一边说:"还真是咸的!"太帅了,那么毅然决然。我们又冲了一遍,刚要走,阿绿摇着自己的塑料小篮说:"哎呀,咱沐浴液还没用呢,还再洗一遍吗?"可见不走他们家水表。

穿衣服的时候,阿绿主动爆料:"你知道吗,我上次带了个朋友来游泳,她将近四十岁,那游泳衣穿的,像十五岁时候买的。"我说:"身材保持得好啊。""好什么啊,保持得好能看得出是十五岁的游泳衣吗?屁股多一半露着(阿绿以自己臀部为例比画出一块面积),上面露到这儿(手又挪到自己胸口画了个老大的圈)。好么,那游泳衣穿她身上就一条儿。"我脑海里立刻浮现布条游泳衣,笑得腰都快断了。我问:"那后来呢,怎么游啊?"阿绿说:"还能怎么办,让她脱了,我出去给她买了一件。"真仗义!

后来我一直想,要是家家户户都有游泳池就好了。

我们还是走了,因为我们洗澡的时间比游泳的时间还长,俩光身子的女的,一边笑一边聊,把一澡堂子的人都聊没了。

之后,我们头发上滴着水去外滩风尚共进午餐。本已饥肠辘辘,进了能吃饭的地方眼睛都变色了,再听说沙拉免费,我陶醉地倚在了沙发里,等服务员前脚走,我就催阿绿快去盛。阿绿跟变色龙似的,一到这高级地方,人立刻优雅了,倍儿斯文,盘子里盛点儿破菜叶子就回来了。还说没什么好吃的,言外之意很看不上这地方,档次不够。我那个急啊,盘子是有数的,人家不多给。我只好端过一个盘子迅速扫荡了里面所有没味的菜叶子,然后跑着去了自助吧台。

眼睛都笼了。

那么多东西她居然说没什么,我把最后几块豆腐都扒拉到我碟子里,连菜汤都刮干净。终于在一盆黄瓜里发现了肠子块,我用勺一个一个地择,最后搅和搅和,直到确定把所有肠子都捞到我的碟子里,才满意地走回去。很快,就把它们全吃到肚子里去了,然后又去盛了碗甜胡萝卜汤。免费的东西让我在第一时间吃饱了。

忽然小资的阿绿居然还要了一份洋葱圈,她很高姿态地说:"洋葱圈,吃西餐都得点这个。"我心说,还不如要碗白米饭呢。这次长经验,下次带个馒头来就行了。

回到报社,在我的散布下,大家都知道我跟阿绿洗澡的事了。在我满含羡慕地介绍阿绿专业的胶皮游泳帽的时候,猴子看不下去了,拉开抽屉:"我送你一个,胶皮的!"我接过来隔着塑料袋在手里捏了捏,在那儿感慨:"嗯,是挺硬的。"猴子说:"里面垫了纸板。"妈的!后来拆开一看还是尼龙的,拿破纸夹子糊弄我。阿莱说:"我有俩游泳帽都是胶皮的,回头送你一个。我本来买了打算倒着戴,可不会游泳,压根儿没下过水。"转天开会,她举着粉色游泳帽就朝我来了。阿绿一看有人叫板,过来一把劈了,拆开一看,破了个洞,手指头能伸出来。她挑着帽子叫嚣:"看看你的产品!"阿莱重复着:"我的产品,我的产品怎么了?"然后大叫,哎呀,破帽子。"还能戴吗?"我笑着拍桌子。她撑了撑帽子:"你要怕漏水,要不里面套尼龙的,外面用胶皮的。"随后又自言自语,"或者留着下雨时出去买菜戴!"

吃人家的嘴短

CHI REN JIA DE ZUI DUAN

⋯⋯⋯⋯⋯⋯⋯⋯⋯⋯⋯⋯⋯⋯⋯⋯⋯⋯⋯⋯⋯⋯⋯⋯⋯⋯⋯⋯⋯⋯⋯⋯⋯⋯⋯⋯⋯

这天儿虽然凉快了,但也能将就着穿短袖,但阿绿居然在MSN里挂着一张穿羽绒服的照片,跟收破烂的似的,还笑得倍儿美,估计头一回用数码相机,简直侉到家了。她扬言要找对象结婚了,我说,不知道哪个男人该走背字儿了。

她很义愤填膺。基于我对她羽绒服照片的抨击,她又换了一张,倍儿女人,别人的一步裙,到她这儿变两步半,还紧绷绷呢,再看上面,幸亏衣服有扣子,没扣子就是绷带,她还故弄娇羞,不往前看,侧着身子,低头微笑,剃了个小子头,最绝的是,自己对着光着的脚丫子挥手,像见亲人似的。

我还没评价完这张,她又极自恋地换了一张,问我:"这张呢?"新弄这张更怪了,灰蒙蒙一片,只见一个面目不清男女不辨的穿米黄色夹克衫的人站得笔直,双手合十,后面还站着一个更高的石头菩萨。阿绿在观音面前倍儿老实,跟孙悟空似的,打心里服人家。

他们往那一站，天昏地暗，阿绿活脱一女大仙，走大街上能算命，坐屋里有人给上供。已经达到了某种境界。

阿绿跟个受虐狂似的，在一个大公司统领人事部的一干人马，钱挣得也不少，整天闹着体验生活，自己的房子不住，跑外面跟别人合租房子。这厮半年中已经换了三处住房，把自己弄得跟小中介似的，一开口，哪个地段租房的价格都门儿清，并且，在哭穷和穷横中总结了一套行而有效的砍价方法。

在一次又一次的迁徙过程中，北京数个搬家公司的电话我都能背下来了。几个女人，跟一堆破烂共同塞在一辆封闭的闷罐车里，车门一开，我们先得拿手捂着眼睛，跟刚从地牢里放风的杀人犯似的，且缓呢，每次搬家公司的民工都把我们往下轰，阿绿腿脚不利索，回回从车上往下跳都摔个跟跄，别提多丢人了。

今年夏天，为了图便宜，阿绿租了间顶楼的房子，还没空调。她每天下班回家像老鼠一样窝在小屋里，不敢开门，不能开窗，使劲儿扇着破纸壳，还汗流浃背，样子特别自虐。那屋子是单元房里的一间，同居的都是不明来路的陌生人。她偶尔出去洗澡、上厕所，也要全副武装，以最快的速度冲出去，再以最快的速度杀回来。

就这样，有时还是会碰上两个大男人全身仅遮着三角短裤在客厅晃。不知那两位女士是如何教育老公的，客厅的灯坏了没人管，厨房煤气漏气搞得六个人险些中毒，厕所的下水道永远是堵着的，更要命的是马桶圈上永远沾着水，让你无法分辨是水还是尿。合同终于到期了，忍受了三个月后，阿绿约了俩女孩去别处租房子，直到她搬走都没有见过房东。

　　找房子不像买东西那么简单，一个月以来，阿绿在种种骗局中穿行，她甚至开始怀疑，自己为什么会激发那些形形色色的房主澎湃汹涌的欺骗欲望。是自己长得太单纯吗？还是脸上跨越年龄阶段横生出来的青春痘上写着四个大字——没有大脑？事实上，阿绿总是能遇到各种各样离奇的骗局，她像战士一样毫不介意总是被骗子相中，她抱怨骗子的手法太低劣，简直是在侮辱她的智商。

　　阿绿说每当自己租到还算中意的房子，最怕的就是房东打电话，因为三个月的合同到期后是否能够续租的选择权不在你，而在房东。因为阿绿养了只猫，房东在一次突袭检查中发现了，大发雷霆让她马上把猫处理了，否则就连猫带人搬出去。我以为阿绿得骂大街，她表现得比猫还规矩，在小区门口站了一下午，终于把猫送出去了。

　　为了巴结房东，她从公司同事那儿抢回一套男士剃须系列礼品盒，大大方方地双手盛给那个晃悠着房门钥匙的胖房东，首都男人什么都吃过见过，对好莱坞男影星们使用的泡沫、剃须水爱不释手，对于续租的事答应得倍儿痛快。

　　有一次在他收房费的时候阿绿故技重施，特意笑着问起布鲁斯南都用过的"剃须系列"效果如何，那胖子把手里的钱往床帮上磕磕说："外国的东西还真猛，我每次只挤黄豆那么大，那泡沫富余得能把我全身的毛都剃光。"阿绿突然觉得他数钱的声音那么刺耳，结果下季度的房子还真没租给她。

我经常打着长途跟阿绿一起遥想当年跟房虫子一样在搜房网上拨开层层虚假信息，帮别人找房子的光荣事迹，她在电话那边笑着说她终于结束了这样的体验，她觉得租房需要斗智斗勇，但太浪费时间。尽管自己给房东钱，可还是觉得寄人篱下，好像吃人家的嘴短，那感觉很难受。她扬言要写个小说，我看着她双手合十跟孙悟空似的就想笑。

【市井·煤饼子】

我一直觉得这才是艺术，大煤饼子！现在想想童年够惨的，那时候小孩凑一块就挖泥巴玩，也怪了，到处都是胶泥，抠一块抠来捏的东西在太阳底下晒晒就是泥塑啊，拿泥巴摔去，弄成碗形还能摔得啪啪直响，一胡同一胡同的艺术家。

【市井·年味儿】

年三十儿的晚上，一般是一群男的带着自己的家眷跟父母在一起，聊天、打麻将同时还开着电视看春节联欢晚会。

新孟母三迁

XIN MENG MU SAN QIAN

这几天我们家电话又见紧,都是找我妈的。老太太这些年归隐山林帮我看孩子,久不在江湖上走动,我们家的电话居然被一个自称是她几十年没联系过的老同事找到了。前两个电话陈述了诸多往事,我妈都云里雾里不知道说的是谁,但又不好意思挂电话,支支吾吾还应着。我去饮水机那儿打水,使了个眼色说:"差不多挂了得了",她还瞪了我一眼。我又说:"挖出底细再聊!"我妈没理我。没一会儿工夫,我听我妈这话匣子开了,人家底细一句没问,自己主动把我在哪工作,孩子在哪上幼儿园,她目前退休费多少钱,现在住哪交代得一清二楚。中午吃饭的时候我敲了敲筷子问:"知道那人到底是谁了吗?"我妈沉吟着:"好像以前单位是有这么个人。我以为我把咱的情况都说那么清楚了,她还不说说自己,嘴还真严,愣没说!"气得我把筷子都想撅了。

那个神秘的老太太转天又来电话了,我接的,我语气冰冷试图震慑对方气焰,然而,人家根本不跟我计较,一个劲儿夸我有出息,我还美呢,老太太说:"我认识你妈那会儿还没你,我下午去你们家看看吧。"我脑门上的青筋噌就绷起来了。我问:"您几点来啊?"我听见话筒那边说:"别准备饭啊。"挂了。够绝!

一下午,我妈这午觉也睡不着了,一会儿站起来看看表,一会儿又躺下,我直后悔没留那老太太的电话,让她赶紧来得了,省得我们这没着没落地光在屋子里转磨磨。四点多,门铃响了,我跟我妈同时从沙发里弹起来。一开门,一个六七岁的小女孩先被推进来,她身后的老太太熟络地说:"哟,你们这儿还真容易找。"然后拉着我妈的手老姐姐长老姐姐短,我妈也跟老首长似的,两人坐沙发上互相拍胳膊。小女孩很斯文,睁着大眼睛到处打量,在我蹲下给她棒棒糖的时候还搂着我脖子亲了我一下,我心里这甜蜜啊。一激动又从冰箱里拿了一根,然后蹲那儿等着,人家小女孩吃东西有够,指着我说:"你自己吃吧。"

后来才知道,这位匡氏在刚参加工作的时候曾跟我妈当过半个月同事,要不是孙女上小学的事把她逼到节骨眼儿也不会到处打探找到我们家。匡氏说小孙女从小聪明伶俐,在幼儿园的时候小学一年级的东西都会了,家里拿孩子当成骄傲,走哪儿都夸,上个重点小学没问题。而且为了孩子就近上学,两代人整天翻报纸看售楼广告,重点学校一般都在市内寸土寸金的地段,它旁边所在学校每平米的均价都在万元以上。那些广告也摸透了买房人的心理,"一切为了孩子"印得倍儿大,画里的孩子都快乐地戴着博士帽站在草坪上,那是小区吗，跟哈佛似的。为了让孩子接受好的教育，在入学的一年半前，匡氏把自己和儿子的两套房都卖了，又欠了银行一笔账，终于换了名校旁边的六十平米。

当口口相传说教育资源共享所有学生要就近入学，按户口划片儿的时候，匡氏胸有成竹，逮谁跟谁吹自己名校旁的房子，现在听她说都能看出当时的神韵，小身板挺得倍儿直，一只手胡噜孙女的头发，另一只手跟划拳似的挑着大拇指，跟农奴主似的，就差脚底下再踩个人了。可说了没几句，老太太的话里就没底气了。因为带孩子去名校面试的时候才知道，与其比邻的房子根本没跟名校划在一起，孩子按户口给分到一个特别破败传说中一所收底儿学校去了。匡氏始终想不明白，拿着房产证去了街道，又去了派出所，但结果是一样的，那个流离失所才换来的房子仿佛被橡皮涂掉了，名校孤零零地戳着。

老太太哪儿能咽得下这口气，开始到处托人，可谁傻啊，一听给孩子办学校，早早就推了。匡氏一趟一趟地到名校咨询，想以自己的老态打动那些招生的人，人家什么没见过，说着活话敷衍，让你句句听到的都是希望，但哪句也没什么具体意义。名校都开始内部招生的时候，匡氏还在家抱着热火罐呢。直到一个知情的邻居实在看不下去，让她赶紧托关系找人，匡氏才买了一堆不怎么样的礼品四处奔走，终于人托人找到了一个在名校教书的老师，人家给她指了条明路，那人说理论上必须按片儿招生，但也不是没有办法，实在想上的话就得给学校捐五万块钱，但要以家长单位的名义资助学校。老太太一听都快晕过去了。钱都扔房子里呢，哪有那么多钱啊。

一家人几天没怎么好好睡觉，儿子忽然有一天上半截班奔回来告诉匡氏，他的同事跟他说可以把户口转走，但光转孩子的不行，需要转直系亲属的，而且这直系亲属还要在新住处当户主。在走投无路的时候，匡氏把我妈想起来了。

话说到这，我妈还用深切的目光看着她的老同事，我的心都快出虚汗了。房子得换户主！你说户主虽然没什么用，跟法人不一样，不会手底下人出事先把你抓起来，但户口本上一下平空多那么多陌生人也够怪的啊。匡氏老泪纵横，话语哽咽，你说这大半天的，谁能看得下去？我妈立即遣我去找在公安局管户籍的同学问问能不能这样大规模转户口。

我一路忐忑，也不知道这样算不算违法。我们同学倒挺热情，问我为什么下班的点找她，是不是要请她吃饭。我说，我找到了失散多年的亲人，得把那一大家子人转我们家户头，还得换户主。我那同学眯缝着眼睛用手拍拍我肩膀："你失散的亲人里准有要入学的。"

一方水土养一方疙瘩

YI FANG SHUI TU YANG YI FANG GE DA

水土不服这几个字太精辟了，前几天跟几个朋友开车出去玩儿，要说也不远，连河北省都没出呢。城里人什么都没见过，一猛子就扎农村去了，沿途看见几辆拉牲口的车，我们这群老大不小的人在车里一个劲儿雀跃，跟傻子似的，用手指着前面喊："哎呀，牛！"一个人喊就够丢人的了，我们挨个儿喊，声音还一个比一个大，拿这当智商测试了。阿绿居然把脑袋探出去冲脏了吧唧的牛挥手，跟忽然在高速上见了老相好似的，弄得卡车上那些四条腿儿的动物特别疑惑，估计人家以为我们投错胎了，牛也开始骚乱，一边跺脚一边叫，恨不能跟我们坐一辆车。

到了村里，到处是被车轮扬起的尘土，我们一边捂鼻子，一边跟老乡赞叹："这的空气真清新啊。"这话说得连我都觉得假，一点儿不由衷，明显是客气话。老乡可当真了，当即说："我们这空气还好？那条河上游已经被污染了，我们都不敢喝河里的水，得从八百米以下打井水吃喝灌溉。"我们这下给噎的,立刻觉得鼻子里的空气都是化学试剂味儿。但到晚上,我们靠老胳膊老腿缓慢爬上了房,坐在老乡家的房顶子上感慨:"星星真清楚啊!"其实我们谁都知道这是因为没路灯显的。几个男女按当地规矩排辈儿都能当爷爷奶奶的人,全跟小脑萎缩一样,仰着脸在那矫情到底哪个是北斗星,都快打起来了,还有假天真的,像阿绿这样,跟一个男的在房顶上追着跑,打情骂俏外带飞檐走壁,就差互相扔鞋了。老乡一边拉风箱,一边感慨:"城里人就是不一样。"

晚上我们胃口大开,胡吃海塞一番,老乡们热情,刚要见碗底儿一碗新的又端来了,我们倒也仗义,你拿来我就吃,特别不见外。我晚上就开始觉得身上痒痒,开始以为被小虫子咬了,后来一撩衣服,后背、大腿、胳膊,只要长肉的地儿,就起一片一片的红疙瘩,那个痒痒啊。我都站不住了,两只手不够忙活的,挠挠前面挠后面,然后再来几个来回。最可气的是大腿内侧也起了,急得我一会儿就得去趟厕所,形迹特别可疑,因为我不拿纸也不脱裤子,往厕所小围墙里一站,露着多半拉脑袋就开始挠。阿绿说我太色情,让我以后再挠痒痒最好藏着点儿,因为有个男的不单看见了还特有瘾地用手机拍了几张。当然,那男的也没落什么好,自打他到处炫耀我在厕所里探头探脑,就开始犯红眼病,他睡醒觉眼睛都睁不开了,被眵目糊粘上了,想睁眼得现用手扒,跟玩坏了的大洋娃娃赛(似)的。

再说阿绿,在城里早晨从来不吃早点的主儿,到这儿胃口大开,一早上能吃仨馒头,干的稀的顿顿不落,用柴火炖出来的猪肉一个女人家居然一碗一碗地吃,跟刚从水泊梁山招安似的,烤鸡一端上来她就把大腿拽下来了。哪像个白领,太给城里人现眼了。两天后,阿绿饭量没减,但整个人明显有些心神不宁,在院子里转磨磨。我问:"你有心事?"她说:"我拉不出来。你看我肚子。"我一摸,那白肚皮里面确实硬邦邦的。老乡多淳朴啊,一听就出去给阿绿买药了,三瓶开塞露和两大把香蕉,没几个小时,阿绿拉不出来这事全村人都知道了,我们屋里来了很多献计献策献偏方的乡亲们。谁看见阿绿的第一句话都是:"拉了吗?"倍儿关切。阿绿总是跺着脚叫嚣:"拉不出来啊,怎么办呢?"阿绿攥着开塞露进了厕所,厕所外围着一群人,一会儿阿绿落寞地出来,我又把剩下的两瓶塞她手里并轻声说:"加大药量!"她点着头说:"乡亲们,等我的好消息吧。"就又进去了。很长时间她才出来,我奔过去:"出来了吗?"阿绿说:"开塞露都出来了。"众乡亲逼着阿绿吃香蕉,还有人拿来了山芋和苹果。阿绿激动得热泪都快出来了,吃了这样吃那样,东西都有去无回。我及时制止了这样的局面,我说:"乡亲们,咱水果都是用钱买的,她已经糟蹋够多东西的了,连隔壁村地窖里的山芋都吃空了。还是去医院吧。"

最后,我们一群人集体去了乡村小诊所,被诊断全部水土不服,一人屁股上挨了一针。最后,阿绿终于为良田施了肥,尽了自己应尽的力量,我们一人带着一身红疙瘩回市内了。

病根儿难除
BING GEN ER NAN CHU

....

阿绿是个谨慎的人，从小就是，最近她又要换窗帘了。她一般要做什么会从一年前开始筹划货比全城，她就跟猴皮筋似的，越抻越长，最后手一松，嗖地一下猴皮筋出去了，但一准没了弹性，拉得时间太长了。你说要进什么大物件这么琢磨也情有可原，但买个脚垫、筷子、案板、纸盒子也到处遛实在让人绝望。阿绿前天发话让我陪她去买的是窗帘环，她打没买房子就向往着那扇外飘窗，说可以像猫一样躺在窗台上晒太阳。咱也不知道待那有什么美的，一失足再掉楼下去，想晒太阳去平台或者直接坐楼底下不得了。但阿绿说了，我从来不敢推脱，因为我打小就欠她的。

这事得往前倒十来年，那时候我们还上学，并且亲密地睡在一个屋子里。因为不是一个专业的，所以也就睡觉的时候才能遇到，当时很奇怪，在我们大考之前急需睡眠的时候阿绿一到半夜就上厕所，而且走了不关宿舍门，拖鞋趿拉得倍儿响，有时一晚上得去两次，弄得我们集体神经衰弱。因为当时不熟，我和上铺窃窃私语是不是阿绿得了什么病，上铺特别懂医，拍着床帮子小声说："肯定有病，我看像前列腺炎，我爷爷以前也这样。"我当时只知道扁桃腺炎，在黑暗中腆着脸问人家："前列腺管干吗的啊？"上铺打着哈欠倒在自己床上："咳，管内分泌失调呗。"很多年以后我们才知道女的压根儿不长那东西，哪像今天的报纸整天给咱们普及前列腺知识。

后来阿绿的行为引起了民愤，几个人找她谈也谈不出结果，最后大家决定在她半夜去厕所的时候装鬼，以暴制暴。我现在想不起来我参与了多少，馊主意是不是我出的，但那天晚上确实有了成效，让阿绿彻底搬出了宿舍。事情是这样的，寝室中间有一根晾衣服的铁丝，我们把一件白大褂挂在衣服架上，同时将一根绳子也拴在上面，绳子头由上铺拽着，因为她离门最近。阿绿半夜出去以后有人吹了口哨，她们把准备的衣服挂好，不知道谁还拿报纸糊了顶帽子戴在衣架上，我们都支棱着耳朵，比阿绿都紧张，随着她进屋把门当地关上，上铺开始迅速收线，那白衣服摇摇晃晃直奔阿绿面门而来，她愣了几秒钟，没叫，但哭着跑了。那一夜，我们都没睡，互相指责，转天我去找阿绿道歉，她原谅了我们，但再也不住宿舍了。

阿绿不知道是不是那次吓得落了毛病，听说她半夜不再上厕所了，她迷上了数数。阿绿最害怕年终汇演之类的大型活动，因为我们一般大呼小叫眼睛都盯着台上，她不，她挨排数人数，倍儿有耐心，一遍没数对人家来二遍。我们都不敢在她面前梳头或者望天什么的，怕她劲儿一上来非数头发或者星星，她倒没事，看的人得跳河。后来她自己说,她特别害怕做饭,因为只要一切菜就不由自主地数片儿,她都怕自己得了强迫症。

  我跟阿绿一起旅行过,她坐汽车害怕翻车总是拽着扶手或者抱着前面靠背,有一次她男朋友尿急让车停了自己面对荒草要方便,我们都故意把脸扭一边,她可好,拍着车窗户大声喊:"你尿之前不能提前咳嗽一声提示一下,万一草里有人呢?"我们都惊了,那草里能藏只鞋就不错了。阿绿坐火车不敢上厕所,说怕一回来座被人占了,她手里那票就跟废纸似的。坐飞机更绝,我们第一次坐飞机的时候她死活不吃白给的东西,我能见眼瞅着糟蹋吗,两份我都吃了,饮料,来四杯!阿绿在旁边劝:"你别吃那么多,一会儿去厕所怎么办?"我说:"飞机上也没人站着你还怕座给人抢了?"她说:"不是,我是怕飞机跟火车一样,排泄物没东西接着直接在天上飞,多缺德啊。"天啊,那么高的地方飞机还能掏个洞让你往云彩里拉尿,裤子还不得给曝走?

  阿绿就是这样,脑子想的问题总特离奇。不过,近几年好了,她跟个谨慎的购物狂似的,从不买贵东西,一间小房子不是今天换家具位置,就是换摆设,要不就给房子刷浆,每次去她家都跟进了魔方一样,和她比起来,阿绿是我们中生活气息最浓的一个。她总是在用最细小的变化来让生活也跟着改变,而我们平淡得像块石头,也许真正病态的是我们这些嘲笑过她的人。

房子的原罪

FANG ZI DE YUAN ZUI

....

　　隔壁赵文雯说最近超市大白菜比集市还便宜，刷完牙就砸我家的门，说一定要赶"头一悠"，否则以我们的小身板根本抢不过那些经常参加集训的中年妇女。我斜了她一眼，估计刷牙的时候没照镜子，自己就跟中年妇女似的了，还说别人。我没出发呢，电话响了，小石来电话让我陪她看房子。估计我在这些女同学心目中就是一个无业游民，什么事都拉我去，跟我多有主心骨似的。

　　我最后选择了看房，因为就算抢一车大白菜回来也赚不了三块五块的，看人家当业主多痛快，几十万的债眨么眼儿的工夫都自己扛了，人家那才叫花钱！赵文雯也很仗义地说跟我一起去，她的眼神里又嫉妒又羡慕，把一毛多一斤的大白菜早忘脖子后头了。在红绿灯底下等了十分钟，小石出现了，神色紧张，走路噔噔的，就跟有人追似的，我估摸着她准带了不少现金，我跟赵文雯几乎是一左一右夹着她小跑，估计别人看我们准以为这仨女的憋够饿满马路找厕所呢。

　　小石忽然停下了，指着远处一片矮房子说，你们说那怎么样？我急走了两步回头问：这年头儿你还买平房？赵文雯白了我一眼说，平房现在都叫别墅。小石从书包里掏出一份广告，倍儿花哨。"望族式中国宅院""中式居家传统"估计她让这些词给白话蒙了。我还没开口呢，赵文雯就拍着小石的肩膀特姐们儿地说："告你，你叫小柔来陪你看房就对了，你一准能省钱，跟她在一起有钱你都花不出去，嘛也买不成。"

　　那是一条很肃穆的街道，青石板铺路，家家户户倒都独门独院，高门槛，有带铜环的大木头门，一推就吱咯吱咯响，人家没防盗门铁栅栏，窗棂都像用纸糊的，大白墙配青瓦，每家门前都蹲俩石狮子，还有木刻的对联跟匾额。要不是门口正好丢了俩井盖，显得现代派点儿，乍一看，还真够质朴的，以为到农村了呢。小石说她爸喜欢这儿的房子，这辈子最大的愿望就是能住回独门独院。老爷子真有理想啊，估计他以为这平房比高层便宜多了呢。

　　因为是小石要圆父亲的梦，所以我们只能鼓励她，甚至特心虚地问人家买房的钱够不够，我们也可以帮她想想办法。后来，我们三个人坐在石阶上畅想小石的未来。她牛仔裤不能穿了，住这儿的人怎么也得穿旗袍，冬天再弄个狐狸皮的围脖缠脖子上，抓鬏拆了得重新烫了弄成盘头，夏利直接开我们小区送赵文雯得了，住那儿的人无论你从写字楼还是超市回来，到青石板路一律得换黄包车，前面有铃铛，一跑起来丁零丁零响那种。以后要找大小姐还得请佣人禀报，万一谈个恋爱被关家里不让出来，只能往墙外头扔小纸条，让小伙子午夜时分翻墙进来。晚上也不用保安，全雇打更的，胸前还得有个"勇"字。

我正按影视剧的套路想呢，摇着钥匙的房产公司的人来了，大挂锁一卸，门吱咯一声，院子里就差口压把井了。几间大房子空空荡荡，格局都跟农村一样，赵文雯摇着头说："小石，你们家得找多少佣人才能把这些房子住满啊？"还是我考虑比较周全，问那卖房子的人："这墙那么矮安全吗？"人家盯着我，把钥匙哗哗摇，特看不起我的样子："这种房子可以商住两用，你要觉得墙矮，可以在上面竖着埋层碎玻璃。"我当时就想飞身出去摆个招式，胳膊伸出去，眼睛盯着他，手掌往上摊开向自己的方向抓，嘴里再吹点口哨，跟精武门的陈真似的。那厮出的什么馊主意呀，还不如告我拉电网呢。现如今，住楼房安防盗门还挡不住贼呢，住平房还得雇看家护院的，想省钱就得自己会武。

后来，我们一致认为小石应该拜个师傅练身刀枪不入的功夫，再买那套贵得不靠谱的平房。最后，我们兴致勃勃地去超市抢购大白菜去了，还是那个实在，一棵是一棵的。

房子真是原罪，让多少人为它心神不宁啊。

在屋里盖小·二楼
ZAI WU LI GAI XIAO ER LOU

听说阿绿最近认识了一位艺术家,并且整天跟没智商的文学女青年似的给我打个电话,三句话以后话题准能拐到艺术家那儿,我逼问她是不是为艺术献身了,她尖叫着说我龌龊,我看冲她那兴奋劲儿肯定现了不少眼,离献身也不远了。所以,为了制止我的好友投身艺术,我决定出山,看看那人是否心怀鬼胎。

阿绿说艺术家最近买了套挑高五米的房子让我去看看,说得那叫仔细,就跟她买的房子似的。我们去的时候那里正在装修,在一大群撅屁股的人里我一眼就挑出了艺术家,如今有点儿道行的艺术家都不扎抓髻了,流行剃光头蓄胡子,就那点儿胡子都对不起剃须刀,买一个能传好几代,平时用剪指甲刀后面的小锉就行,还能磨磨刀。跟艺术家伪善地点了点头,一进屋门我就惊了,开始听阿绿说的时候对五米没什么概念,好么,一仰头房盖儿怎么那么高啊,也没房梁,想上吊都没地方搭绳子。艺术家对自己"家"的定义很先锋,他说:

"我希望家像棺材一样，能给我安静。"他还真会找地方。

楼房这几年在不断进化，从伙单到偏单，从三室到跃层，从错层到挑高，盖房子的倒越来越省事，房价一个劲儿涨不说，房子里的水泥都少了，开始弄什么毛坯房，我买房那会儿，墙上连白灰都没有，每个屋也没门，厕所就几个窟窿，人家盖房子的说了，反正我们怎么装修业主也嫌次，与其过二道手，还不如干脆就不费这劲了，还是为咱着想。到我弟买房那会儿，更省事了，就一面承重墙，面积怎么分割，自己DIY去，弄得一个整天西装革履的人下班就光膀子，点着灯在屋里码砖，打外面看，就跟刚抢完银行打算都埋墙里似的，形迹特别可疑。这没几年呀，连房顶都得自己建了？

我正感慨，艺术家伸出了他那双刚洗干净的白胖手，我们握了握，他跟车间主任似的说："你知道loft吧。"我点了点头，其实我根本不知道，在朋友面前咱不能露怯，不懂也得装明白人。"在英汉大辞典里loft的意思是指工厂或仓库的楼层，应用在房地产业里面指的是没有内墙隔断的开敞式平面布置住宅。二十世纪六七十年代美国纽约都这样的建筑，现在逐渐演化成为一种时尚的居住与生活方式。它的定义要素主要包括：高大而开敞的空间，上下双层的复式结构，类似戏剧舞台效果的楼梯和横梁，建筑保持着流动性，户型内无障碍；透明性，减少私密程度；开放性，户型间全方位组合，当然还有艺术性。"他不说我还真没注意，屋里一堆铁管子，原来以为艺术家图便宜买个没包管子的土坯房，现在才知道那些锈了吧唧的铁东西是装饰品，人家要的就是这感觉。这钱花得真糟蹋，一平米也小一万呢，还不如直接住下水道去，那儿多逼真啊。我目露感慨，抚摩着管箍上的铁锈说："这上头怎么也得涂层清漆吧？"艺术家摇了摇头，倍儿没规矩地搂住我的肩膀往楼梯上推，一边还说："岁月！要的就是岁月。"我心想，倒霉德行，岁月都在你脑袋上呢。

楼梯跟通天塔似的，直上直下，看着眼晕。只有一面有扶手，楼梯是被架起的一块一块铁板，空当大得足以漏下去一个人。艺术家热情地伸手拽过我的好友，阿绿已经被推上去了。我心直颤悠，简直跟爬电线杆子似的连安全带都没有。我一个人安静地坐地上把鞋和袜子都脱了，他们诧异地看着我，阿绿说："你怎么跟要爬杆似的还光脚啊？"我说："这样容易抓地。"阿绿的声音在我头皮上一次次响起："千万别往下看，抓住了啊。"我边冒冷汗边嘀咕，这是家吗？在这屋里住几天都能参加消防队，看人家艺术家提着丹田气几下就蹿楼上去了。楼上真别有洞天，好端端的房顶子，他钉了几个大铁簸箕在上面，这艺术家别是打白铁出身吧，楼下还扔着几节新烟囱。

据说搭个房顶子也得上万呢，现在怎么盖房子的跟甩手掌柜的似的，还真有那么多业主前仆后继地当民工在屋里盖小二楼，以为搭积木呢。我都担心，别哪天在壁炉旁边开大 party 的时候房顶子再塌了把人活埋。建筑队盖房子还有个监理什么的给盯着点儿质量，咱自己玩着干，好坏都一锤子买卖，谁没事还把房顶子拆了翻新呀，在这样房子里待着我都后背发凉。

艺术家对门窗的要求只有一个，隔音。人家买的东西质量真不错,我去视察厨房,把门带上打不开了,我在里面又砸又喊,外面一群人愣听不见,我眼睁睁看着艺术家跟阿绿调情,两人还互相扒拉头发,要不是这屋有个电钻,我还不定几小时后才能被发现呢。可见这屋子的安全系数有多高,劫匪进来都白给,关几天放出去,准重新做人。

  阿绿挤眉弄眼地问我艺术家的房子怎么样,我言不由衷地赞美着,从落地玻璃进来的阳光刺眼。从艺术家的新居出来,我直接去了我爸家,五十多平米的老房子,两间屋很温暖。我觉得,这才叫家。

小区艳阳天
XIAO QU YAN YANG TIAN

　　我们小区跟全中国大部分点儿背的小区一样，等你背一身债住进去，发现房子裂了，临时电能把电器全毁了，可盖房子的走人了，人家物业说这是房子质量问题不归我管，想想也对，这就跟抓阄似的，该谁倒霉都是天定。于是，我们压了压心中怒火交了两年的物业费，可没一个月，物业公司的人全卷铺盖走了。怎么办？小区里有责任心和领导意识的大爷大妈们一合计，咱不求别人，咱自治！

　　小区门口每天来俩着正装的大姐，还戴领带呢，特别正式。她们一来就坐大石头墩子上凑一块儿聊天，要不就眼神发拧地盯着出入小区的人，后来，我看门口的大喜报上说自打有了"民兵"，小区自行车被盗数量明显下降。现在贼的胃口越来越大，以前也就偷个车铃铛脚镫子什么的，如今谁家不丢个十辆八辆的，都给贼回收了。

　　自从自治，小区环境有了明显改观，荒草一把火都给烧了，光

[市井·锉菜刀]

偶尔还能看见这样的手艺人仗着一块磨刀石在管理不太严的小区为人民服务。生意不太好,大概是因为如今很少有人再用那种沉甸甸的刀了。现在超市里卖的刀尽是一套一套,拣最重的拿,剁个排骨都能把刃夯了,全亚健康。随便找个碗底儿就把刀磨了,磨刀石用不着了。

如今的刀只能奔软和东西下手。

——磨剪子嘞——锉菜刀——没人再喊了。

【市井·刻字】

在自己的城市我们是自己,在别人的城市,也许我们就是农民。我最初去北京的时候,一个一早去几年的朋友让我给他捎点东西,约好在丰联广场的星巴克见面。我当时没听清,出了地铁给他打了个电话,那个朋友夸张地惊讶着:你连星巴克在哪儿都不知道,真是农民!我当时就有一种想抄酒瓶子的冲动。后来我在北京认识了很多这样的人,他们认为自己挺纯种儿。其实都是一串儿,日子过得紧巴巴的,还惴装大尾巴狼。其实你让他拿户口本倒倒,没准上一辈儿就是逃荒去了。

冒烟就冒了两天，火再不灭估计楼都得着了，要说现在119真沉得住气，根本没拿这点儿烟当回事。草没了，地不能秃着，没几天，自留地就被人分完了，你种田来我织布，茄子、辣椒、西红柿、无花果、吊瓜、葡萄、石榴、花椒树等，有人还满小区抖搂塑料布，大概想弄点儿大棚养殖。那些生产热情高涨的大爷大妈整天抱怨机动车占了他们的地，甚至连扒楼的心都有。

当年买这小区的人大多是新婚燕尔，所以，没几年，大伙跟兔子似的较着劲儿生孩子，三年多，愣把门口的幼儿园的床给挤满了。也有不要孩子的，六号楼的一个大哥也不打哪儿弄了只刚生下没几天的猴子，那猴子胆怯地钻在主人怀里，穿着一身家做的花衣服，还特别不好意思地抓着个跟自己长得差不多的玩具猴。这猴子露着粉色的小肉褶子挺招人爱的，几个月就出落得跟动物园里那些见过大世面的家伙差不多了。

一到傍晚，有人遛孩子，有人遛狗，还有人遛猴，我一冲动都想把我们家那只会叼人民币的王小臭从笼子里放出来架肩膀上显摆，这小区外人来一看简直就是马戏团职工宿舍。尤其那猴子，铁链子被主人拴在树上，它倒不往树上爬，满地胡噜，一会儿拾了一堆土块石头子儿，专砸老头和开进来的机动车，还倍儿准，没一块儿是白给的。主人也急眼了，猴子这么遭恨，刚自治，引起公愤再有人打110，他拎起铁链子就走，那猴子以为自己穿上了衣服就是孙悟空呢，张着嘴冲主人扯脖子叫唤开了，好么，这猴子的后槽牙跟俩獠牙似的，看着倍儿吓人。那大哥能干吗？一只吃自己喝自己的猴子敢当着这么多人跟如来佛叫板，不能够！主人指着猴子就开始骂大街，你妈妈我妈妈说了一堆，再看那猴，立刻收了气焰，但它的眼睛完全不看主人，反而是直勾勾地盯着对面一只瘦得就剩一把骨头的小鹿犬，学着主人的样子伸着一个手指头，嘴里叽里呱啦地骂，我们小区自治会的大爷头儿带头笑开了。

我们这小区要说人气儿还挺旺的，南来北往的都是客，有一位蓬头垢面的闺女这几天就拿小区中心的滑梯当自己家了，你问她，她就从怀里掏出一张皱巴巴的纸，跟状子似的，耷拉老长，你还没看完，人家主动跪地上了，人心都是肉长的，你能往外轰人家吗？不能够！我们小区最大特点就是好心眼的人多，挨家挨户跟上供似的，紧着给她送吃的，那闺女盘腿一坐俨然一菩萨，面前要点炷香，业主都得排队磕头。

我问我们楼长这闺女嘛身世，大娘叹了口气，眼睛里都带泪了，"身世苦啊，残疾孩子，说不了话，你看她舌头。"我极目远眺了一下，正有个女施主弓着腰在问寒问暖，那闺女慢慢抬起头无助地看着对面的人，然后，张开嘴，伸出她的舌头。吓得我一哆嗦，白素贞！白素贞下凡了，那闺女的舌头能耷拉到下巴那儿，这没什么稀奇，最绝的是舌头尖那儿居然是分叉的！我倒吸着凉气，差点儿摔倒在地，要是再细点儿就是信子。

蓬头垢面的闺女靠她的盖世神功暂住在小区滑梯里，饮料瓶子剩盒饭摆了一楼梯，我发现她也是个很有爱心的人。因为她闲着没事的时候把附近几个小区的流浪狗都招我滑梯这儿了。五只蓬头垢面的狗一个舌头分叉的人，有剩菜剩饭撑着有各家各户旧衣服穿着，她小日子过得还挺美，就差再在我们这儿找个相公了。

终于有一天，戴领带的大姐本着对小区环境和治安的考虑打了110，车来了，狗、猴子、人，全给收了，只有菜地还在，但小区的业主心里多少有些空落落的。

闻鸡起舞悠着点儿
WEN JI QI WU YOU ZHE DIAN ER

. . . .

　　如今哪儿的房子都寸土寸金，这小区里要能种点儿树，挖个池子存点儿水什么的都能算高档住宅了。我们小区只有两棵桑树佽里歪斜地长在小孩滑梯旁边，虽不枝繁叶茂但好歹看着算棵树。这几天上楼下楼光听大爷大娘们抱怨小区里的树少，我以为他们又要发起新一轮捐款运动，号召大家种树呢，后来跟我妈那儿一打听不是，说树不够用的。我还琢磨，又不劈柴，要木头干什么使呢。

　　有一天我在天亮之前醒了，我妈前脚出门打太极拳我后脚就跟出来了。空气闻不出有什么新鲜的，老头老太太们带狗出来拉屎的倒挺多，他们一边聊天一边跟竞走似的在小区里绕圈，那些一会儿一抬腿儿的狗紧紧跟在主子们的身后，它们满心以为小区是公共厕所了。我这一套广播体操还没做完，老年暴走族在我面前转三圈儿了。他们都跟从少林寺刚还俗似的，腿倒得跟骑自行车似的，倍儿快。幸亏早晨没什么风，这要顺风还不都得飞起来，想停得现拿竹竿勾住裤腰往回扒拉。

　　我正做伸展运动,楼上的刘奶奶端着早点往回走,我问她怎么没锻炼,她一努嘴,我看见她老伴正抱着个包袱站在树下排队,那儿已经有好几个人了。我眯缝着近视眼仔细一看,吓我一跳,那些老头老太太敢情是大早晨排队撞树的。他们都是干净人,自己全带着个旧床单。轮到自己的时候把床单抖开往树上一围,比给自己穿衣服都麻利。我看见一个七十上下的老太太围好树后,退后三步大喝两嗓子,然后人斜着就奔树去了,肩膀撞树上后人被反弹回来,树一晃悠。我暗竖大拇指,老太太武功盖世,人家嘴里一边喊着"嘿!嘿!"一边撞完左臂撞右臂,然后再死乞白咧撞后背。要搁我,这几下浑身都得青了,人家老太太撞得还挺陶醉,树直晃悠她还跟其他人聊天,我都怕她收不住神功再把树给劈了。这树也不用担心长虫子了,即便有虫子早晚也得给磕出来,整天地动山摇的,虫子也不傻,谁在这儿住得下去啊,再得了脑震荡。

　　老太太可算收功了,换了一个大爷。这大爷武艺更高强,对着树辗转腾挪,估计他把树当李连杰了,全是对打的招式。树特老实,一动不动,弄得老大爷还挺来气,出手越来越快越来越狠,自己疼得直叫。我心说,这何苦呢,这么多人排队跟树较劲,马路上那么多电线杆子不一样能对打吗?这哪是晨练啊,都跟要去天桥儿打把式卖艺似的,就差吞大铁球,拿砖头往自己脑门上拍了。

　　这两棵桑树长我们小区也算命运不济,能靠坚强的毅力长点儿叶子就不错了。刘奶奶的老伴上五楼气喘吁吁,可撞树上瘾,老大爷的手法是倒拔垂杨柳式的，跟大猩猩似的耷拉着双臂撞树，我真怕他哪天一急了再对着桑树拍胸脯。

撞树的那拨刚走，又来一拨吊嗓子的，对着树一个挨一个站着，互相拍背，然后可脖子喊，这样的健身方式我还挺开眼的。亏了天都亮了，要是半夜有这动静，估计保安全得拿桃木剑出来。此起彼伏的怪声可算停歇了，不知道谁开了随身带的大录音机，电池还真足，流行歌曲一放能把整个小区的人叫起来，赶上睡觉轻的隔壁小区也都喊起来了。再看那吊嗓子的队伍队形突变，改集体舞了，老大爷纷纷收了神功回家，胖大娘瘦大娘们对着树展示自己的婀娜舞姿。我要是那树，一早晨就得神经。

我回家吃早点去了，以后就算醒得再早也不闻鸡起舞。

空置的保姆房
KONG ZHI DE BAO MU FANG

前些日子看见报纸上卖房子的广告画着俄罗斯方块一样的房型图，给那些房间分配得倍儿全乎，在客人房老人房儿童房旁边赫然写着保姆房，以为买房子的都是欧洲大庄园主呢，养盆花得雇仨人。但说起保姆，很多人都有一肚子苦水，找保姆可比找对象难多了。

刚生完孩子的时候看着那么一个鲜嫩的小东西都不知道该抱哪儿，于是想请个月嫂，按报纸登的广告打了电话，价格不菲，但报纸上说月嫂个儿顶个儿受过培训知道怎么给孩子洗澡，怎么照顾新生儿。来我家的月嫂四十六岁，打扮得像十六的，披肩的大长头发穿着包身儿的短款时装和瘦腿儿裤，我满眼期待地恳求她："您能帮我给孩子洗个澡吗？"她说："行，你打盆水来吧。"我像长工一样把东西都准备好，给她搬了个小凳子，她撅那试了试说坐不下，我也不能要求人家把裤子扒了，只好看她猫着腰把孩子抱过来，那大长头发呼啦一下全耷拉在土土脸上，然后月嫂想都没想就把孩子整个放水里了，跟洗萝卜似的。我急得大叫眼泪都快出来了，因为土土刚出生五天那小肚脐还没长好呢。她吓得一把把孩子从水里提溜起来，土土受了惊吓大哭。我像泼妇一样抱过孩子问："你会给孩子洗澡吗？"那女人一点儿不诚恳，还笑，她说："我带过的孩子最小三岁，没照顾过这么小的小孩。"

我从此再不信那些家政服务公司了，干脆跑去居委会，那不是大小也算政府机关吗，一老大爷漫不经心地翻开登记册，我还没开口他先开口了："我可不能给你保证人品和能力，你们见面自己谈自己感觉。"两天后，新任保姆进门了，比那个月嫂还时髦，大尖皮鞋要脱下来往天上扔没准能把麻雀搊树上，那长指甲挠痒痒估计得带血檩子，人家还带着化妆包来的。中午很自觉地把剩菜剩饭都端到我妈面前，她从来不吃。吃完饭第一件事是边看电视边化妆，我去洗碗她还拦着，说："你都干了我还干嘛，咱得干嘛吃喝嘛。"我都快崩溃了。这大姐还有一喜好特让人受不了，她住平房住惯了说自己不习惯在马桶上方便，必须得找蹲坑子，你说这方圆百里能有几个公共厕所啊，可你又不能逼人家改变如厕姿势，好，去吧，这一走，没个把小时回不来。而且这姐姐特别注意滋补，不喝白水，把别人送我的黑芝麻糊、红枣藕粉什么的都兑水喝了。我中午在卧室哄孩子，她在客厅开着电视打呼噜，我看得那叫一个惊讶，一周后，我妈发现钱丢了，于是赶紧把保姆辞了。

后来注意了一下小区里那些带孩子的保姆，都凑在一起聊闲天儿，让孩子自己玩沙子，最多看见汽车来了拉孩子一把别让给轧死。

有一次，我带土土出去，我蹲在地上跟一个小女孩搭话，我问她："你最爱吃什么啊？"她咧开小嘴说："最耐七（吃）又（肉）又（肉）。"我"啊"了一下，她又肯定地说："七又又！"这时候天上飞来几只鸽子，我指着天空让他们看，小女孩说："格（鸽）子！"然后拉着我的手说："纳（阿）姨，我尿西西。"女孩的父母我都认识都说标准的普通话，可这孩子让保姆带的满嘴天津话，真让人苦恼。

还有更让人苦恼的。小石家请了一个保姆，年纪小饭量大，缺点是这孩子长到十九岁还没刷过牙，说话嘴里有股臭味。进门后第二天小石给她买了牙刷牙膏，但她舍不得用，而用小石的那套东西。小石发现后倍儿愤怒，她却说："这有什么？我又不嫌你脏。"

我们楼下孙大爷找了个安徽的小保姆，家里的电器那姑娘除了会开电视，其余一概不知道怎么用，做饭还停留在烧柴火水平。老大爷亲自培训给她一一做示范，她虽然跟着虚心地学，但把饭煮煳、把菜炒焦的事仍时有发生，水管子堵了，热水器烧了，电饭锅坏了。折腾了一个多月，孙大爷也失去了耐心，又换了个年龄大、有经验的保姆。新保姆做的饭菜只能叫做熟了，没有任何味道，孙大爷实在吃不舒服，只好开始了新一轮的培训。培训完厨艺，又开始教授电器使用方法。无奈这保姆没有文化又不虚心，让孙大爷生了一肚子气。前前后后从孙大爷家毕业了四拨儿保姆，还没找到一个合适的，他家跟保姆带薪培训中心似的。

想省心，还是自己给自己当保姆吧，还省间"保姆房"。

在毛坯房里看画

老路终于在房子一个劲儿升值的时候横下了心，押上一家老小的身家性命当了房奴。前几年一套房子二三十万块钱就下来了，现在可好，只要是能住人的地方出手就得小一百万，哪弄那么多钱去，银行倒是仗义，跟程咬金似的，填张表人家就把钱贷给你，大人大量地还允许你三十年还清，不就是利息高点儿吗，可你还住新房呢。于是，老路一边嘀咕自己还能不能活三十年，一边颤巍巍地把表填了章盖了首付交了，以后每个月交租子就行。

从那片楼打地基，老路就坚持每天去工地上考察一次，逢周末携家眷前往，每次都不厌其烦地指着土堆说："咱家以后就在那儿，前面还有个小操场。"跟土地佬儿似的。在他问明白了水泥标号、钢筋产地、民工身世之后，又望眼欲穿了一年多可算拿到了哗啦作响的钥匙，心情特别澎湃，他都想把农村亲戚都招来看看咱市里的大房子，一百五十平米能住多少人啊。

房子是毛坯房，徒空四壁，老路心里这叫一个豁亮，外飘窗，他噌一下就蹿上去了，在大窗台上整整半躺半卧了一上午，跟个诗人似的。从那个被他屁股焐热的台子上下来后，他直奔图书大厦了，那么大的房子得装修得漂亮点儿，买老外的书去！老外的装修书跟咱这的没什么区别，除了字母都看不明白，一样是图片赏析。老路都看花眼了，平时挺节俭的人脑袋一热买了三本大厚书回来，其实二百多块钱够买个高级的水龙头了。

老路的儿子小路告诉爸爸，咱家饭可以凑合，但装修绝不能凑合，好几个女生要来家里串门呢。这句话跟强心针似的让老路特受刺激，举着时髦杂志就给报纸上的专业装修公司打了电话。很快，公司派了一个姑娘过来，这闺女一进屋特别不见外，小高跟儿哒哒哒把一百多平米地面过了一遍，胸有成竹地说："您把合同签了吧，设计图明后天给你出，包您满意，设计绝对独特，不会让您有走错家的感觉。"老路眼睛看着客厅，"您看这……"话还没说完，那闺女抢着说："得吊顶，绝对要吊顶！"老路原本要问影壁墙，话硬给噎回来了。他尝试着又说，"您看这门……"姑娘抢答的毛病又犯了："您这屋不正，哪天我给您找个看风水的看看吧。"这句话一出来吓得老路都忘了自己原本要说什么，后脊梁冷汗都快出来了。

转天，刀子嘴豆腐心的姑娘一早就把设计图送来了，老路一看，嚯，画得跟赵文雯家似的。一个大老爷们开始在那运气，他忍了忍，刚说，"是不是可以把玄关重新设计一下？"姑娘往门那看了一眼，"就您这房子，听我的，改了风水就不好了。"老路急眼了，前半生以窝囊著称的人拍着桌子在那叫唤:"我买的房,我背的债,凭什么听你的?要不你帮我还三年贷款?"人家女设计师也很有脾气,摔门而去,不伺候了。

投诉、生闷气二十四小时后,专修公司又派来一个态度非常谦逊的小白脸,他胳肢窝下面夹着合同,门一开在楼道里就开始笑容可掬点头哈腰。老路内心受的伤害稍许平静了一些,小白脸亦步亦趋跟在老路身后,他说一句,人家在本子上记一句,你说让怎么设计我就怎么画图。小白脸脾气绵,你这次提出修改三个地方,他准给你落一个,然后为这一点地方能再重出一厚本效果图,倒真不嫌麻烦。一个星期了,老路手里的效果图扔了满墙角,但他看小白脸一来就跟上辈子做了对不起他的事似的,那种谦卑样,让他还是决定把合同签了,当冤大头委托这个公司全权负责新家的建设工作。

后来他在网上看见一个帖子:"一定得要最贵的设计费,用高级的设计师,给客户出报告,必须用PPT,图表最少也得三百多张,什么饼图啊,条图啊,折线啊,能画的全给它画上,页上边有页眉,页下边加注脚儿,页里面多插一些彩图,要动画,特唬人的那种。客户一收到,甭管埋怨不埋怨都得赶紧告诉人家,Sorry,您想怎么改肯定叫您满意,一准儿真诚地赔礼道歉,倍儿委屈,设计报告上再加一层精美包装,封面用亚光的,每份光打印就得三个小时,再设计几套彩色封面,三四个人候着。就是一个字——慢,写标题就得七天八天的,周围的同事不是在沉思就是在返工,你要是写得太快了,你都不好意思跟人一块下班儿,你说这样的报告,一份得多厚?

我觉得怎么着也得五六十页吧。五六十页？！那是序言，一百页起。你别嫌厚，还没展开呢。你得研究客户的验收心理，愿意掏几十万做装修的客户，根本就瞧不起小模小样的东西，什么叫优秀报告你知道吗？优秀报告就是：写什么东西都写最厚的，不写最好的。所以我们做调研的口号就是：不求最好，但求最厚。"看完这个，老路才醒悟到自己上了当，那个急性子闺女和这慢性子小白脸其实都是下套儿来的。

不砸墙不算装修
BU ZA QIANG BU SUAN ZHUANG XIU

••

  我们小区外的那片楼终于有点儿模样了，尽管楼下还跟乱土岗似的，已经有人开始装修了。某一夜醒来，我们这儿楼上楼下每家门缝里塞了张小广告，写得很有气魄：朋友，您家在装修么？是不是感觉空间不够大？是不是感觉房间怎么布置都不合理？请致电客服专线。我们拥有最专业的砸墙队伍，科学、彻底的砸墙，随到随砸，砸不好可以免费重砸。我们的服务宗旨就是，没有我们砸不了的墙，没有我们不敢砸的墙！

  我把这小广告裹鱼刺没几天，楼里就开始咚咚咚一阵猛砸，眼瞅着房顶上的吊灯开始晃悠，咱是过来人啊，当年砸墙也这么有韵律，可是楼下那家没什么多余的墙了，我们一起入住时人家已经砸一遍了，怎么新业主还要过二遍手啊？再砸，估计能跟二单元三楼的成一家人了。我赶紧穿着拖鞋下楼，探头一看，几个大小伙子还真卖力气，一人一把大铁锤，到处烟尘弥漫，眨眼间厨房的墙就没了，洗手间的墙也没了，过道的梁也没了，墙上地上到处是开出的线槽，真有工地气氛呀！新邻居爽快地迎接了我，我们还亲切地握了握手，他运筹帷幄地指着都快塌了的房子说："我要把餐厅与副卧的墙变成酒柜，客厅与主卧的墙变成电视墙，阳台与客厅间会因为没有门窗而使客厅显得更加宽敞明亮。"天啊，我听着心里直哆嗦，照他这么个砸法，甭等他凿壁借光，我先得掉他们家客厅里。

不过墙被砸开后我才发现，这楼的工程质量真够差的，当年砸墙的时候我没盯着，这回才发现墙里面的砖居然有的连水泥都没挂上，用手直接可以拿下一块砖头，显得我跟练过硬气功似的。

在随后的几天里，新邻居愚公移山般地拆东墙西墙也不要，早晨七点到晚上九点一刻不消停，假以时日，我看他们能把这片小区都"去了"。我像一只被塞进盒子的虫子，有人不停地晃悠盒子，咣当咣当地，我都快疯了。有本事砸银行的墙去啊，跟我们这普通民宅较什么劲啊。铲除这么几面墙新邻居花了将近三千块钱，生生把一个好端端的家改大礼堂了。

我每天走路都轻手轻脚的，要能长出翅膀我还真不打算费拖鞋了，我实在怕我稍微腿上给点儿劲儿，地板就塌了。砸墙的时候我也看见了，这房子跟威化饼似的，哪都是酥的。谁叫咱没钱搬家呢，还得将就着住，我都想拜个师傅学轻功去，别哪天这根弦松了，对着电视跳绳再一个跟头翻到楼下去，跟牛顿的苹果似的，三楼能接住还是我的福气，没准就一路掉花池子里去了。

楼下好不容易停止了施工，我心里正美，有人砸门，新邻居皱着眉头问我："你们家水管子坏了？我刚包好的顶子直漏水。"我摇着头把门打开，他在我们家厨房转了一圈，蹲在地上东摸西摸，手上除了土什么也没沾上。我斗胆说："是不是你们砸墙的时候把水管震裂了？"他故意转移话题："你们家地砖不错啊，麻面的，防滑吧。"我拿鼻子出了口气儿，这砖防滑防得有点儿大发劲儿了，不仅人在上面走不出溜，脏东西有什么算什么都能给你挂上，这是地砖粘地上取不下来，但凡能给抠下来，我就掰成小块儿当铁刨花用了。新邻居一听我也有不顺心的事，立刻心理平衡了，说回去找人把吊得好端端的顶子拆下来看看管子是不是有问题。

我们这楼终于消停了，对面楼群又跟地道战似的，你晚上站阳台一望，家家窗户里明晃晃亮着一百瓦的灯，有身体好的小伙子白天吸足了阳气，吃饭的点儿还在那抡大铁锤呢，真欠让我们这些看哪都不顺眼的人住山洞，有一个月工夫都能给改造成良田。

第三辑

小市民

有些人天生不甘寂寞，是那种凑一块儿就能聊的人，越不认识聊得越来劲儿。北京的出租司机一张嘴满是国家大事，他提的名字都是电视上见外宾就握手的主儿，人家说的那些话儿撂几百年能编本野史了；天津的出租司机从不提那些不着边的事，都是自言自语掏心窝子型的，表还没跳字儿呢，人家七大姑八大姨是干什么，家住哪儿，孩子在哪儿上学，跑一天车有多少挑费都端给你了，一点儿见外的意思都没有。经常你到地方了，钱也给了，票也拿了，司机还在那儿说他们家的事，弄得你都不好意思下车。

小市民不是贬义，是一种鲜活的生存状态，我喜欢傍晚坐在闲聊的老人身边听他们讲过去的事，听他们抱怨，听他们调侃。手里缓慢转动的核桃，怀里的蝈蝈，一盘棋的残局，光阴里最平凡的日子。

过日子人
GUO RI ZI REN

　　天津应该算变化快的城市。别说隔几年回天津的人，就连整天在这个城市里穿来穿去的人都能感觉到天津的变化，那真叫日新月异。

　　尤其市政建设，你上午还走这条道呢，没准下午就给围上了，就一个牌子告你"请绕行"；几日前你还从一片楼群经过，再路过时楼没了，改草坪了，一群人在上面放风筝。跟变魔术似的，弄得你出行特别忐忑，往哪儿走都没根儿，回家都跟串门似的，兴许还得打听道儿。我开车从来不敢上快速路，生怕上去了不知从哪个口下再走郊区去，宁可在下边堵着走。天津地图改版快跟不上溜儿了，新路新桥新楼群，上岁数的人都得有人领着，记性稍微跟不上的，没准儿就走丢了。

　　天津最大动静就数平房改造，老城里的"三级跳坑"全扒了，赶上阴天，外面下小雨屋里下大雨，再打几个雷都得跑屋外面避雨的老房子一瞬间就给推土机屠戮了。再见到平房时，人家已经身价不菲，连名字都改了，叫别墅。现在钱少的都搬楼房住着去了，钱烧得难受的主儿住平房。

天津市区的路，在全国都是出了名的。路没有几条是横平竖直的，单行路、禁行路、窄道多，五岔路口多，天津人也不辨东西南北，给人指路只分前后左右。老辈人说都是当初天津租界地闹的，老外太独，属于给块地闷头就种的主儿，各国租界边界犬牙交错，全在自己的地盘上修路盖房，也不去管其他国家的地盘如何规划，所以全乱套了。

2005年的时候天津把满大街跑的"黄面的"都淘汰了，我还挺惦记那车的。大发虽然破点儿，但能装啊，挤挤里面能塞进去十个人呢，起步价还便宜，几个人一分摊跟坐公共汽车似的，还不用站站停。赶上风大雨急一招手，人上副驾驶，自行车往后面一扔，蛮好。现在满大街都是红夏利了，偶尔能看见几辆更高级点儿的车，可一点儿都没亲切感，有些夏利也够破的，车座都塌了，一上车屁股隔着两层布就给支弹簧上了。

天津的"狗食馆"可不是一般的牛，马路边一个倍儿破的小门脸，没服务生给你挑门帘子鞠躬，爱进不进，板凳都在外面摆着，屋里桌子都黏手，苍蝇要一不小心落上面，再想走都得自己先闷头把腿掰下去。马路边停着一水儿的高级车，捷达都算最次的。卖什么？还没别的，牛肉板面！人家就从中午十一点多卖到下午一点，一点零一分到你个儿了，对不起，我还就不怕得罪主顾，关门不卖了。

[彻底从良]

网友发来几张吉米的新造型,我打开一看,好么,这个开眼,照片网址链接。戴个假发,套着紧身连衣裙,跟人妖赛的,插着腰,整个一女流氓,他要往路上穿双老么厚的松糕鞋,命大的估计醒了就得一头撞死。

流氓都得一头撞死。儿子问,妈妈,哪有一个叔叔这么发誓从良,他这是个叔叔变形翼龙。

其实对于孩子提的很多问题我都无法解释,我只好关了电脑,跟他一起去玩这阿姨是谁啊?

我还真没法告诉他这是个叔叔变形翼龙。

估计以后会更多。什么是对的,什么是错的,什么是歧异的,还有什么是能确定的呢,连我都不知道。如今人的性别都能换来换去,贵,咱也认了,真可怕。我看以后每家得给配个心理医生,楼长还得挨家敛医保卡和门费,闭购,一楼的人全疯了,看病。

【亚健康】

我看现代人的亚健康不仅仅在身体上,更多时候是在人的心理上。忙碌、孤独、郁闷,很多情绪无法及时排解,就跟没人收的垃圾似的,很快就腐烂发臭。你又没那本事自己造个堆山公园,挖条河放俩鸭子,搞得跟生态园似的。干脆别那么懒,有垃圾咱及时往远处扔,扔别的小区垃圾桶也没人管你,最好别攒着,那东西升不了值。

什么凉菜热菜一律没有，啤酒每人只许买一瓶，凡在这儿吃饭的人想抽烟，外面抽够再进来。

还有一个小"狗食馆"，没菜谱，人家就会做俩菜，炒洋白菜和清炖牛肉，到饭口就有排队等座的，桌桌上面还就这俩菜，没碟子，都用大碗盛。我经常去的一家"狗食馆"也特别火，许多北京的客官开着车去那家吃饭，那家卖羊汤和烤羊肉串，这都不稀奇，配菜比较独特，是冒尖的一大碗刨冰，尤其大冬天，这边嘴里羊腰子还火烧火燎地嚼着，下一口就是咯吱带响的刨冰，估计嘴大的都能听见吱啦一声，跟吃铁板似的。

还有一个卖包子的大爷，每天中午只出来一次，就卖十小笼屉包子，多一个都没有，他的包子得提前几天预订，有一次我问他为什么不多包点儿，他说："我就是为了玩儿。"你说人怎么这么欠嘴呢。去一次不就得了，还上瘾了，吃一回想二回，倍儿没出息。

据说天津人是安徽人的后裔，所以天津方言里夹杂着一些安徽那地方的发音。不过，经过那么多年的发展天津话挺独特的，倍儿哏儿。天津人的热情体现在称谓上，比如你在马路上看见两个人相遇，一个人老远就喊："哎哟，二哥，有日子没见了，你怎么样啊？"那个人会说："我还行，这不，你嫂子最近身体不好。"你要以为他们是亲戚就错了，以我在天津多年的生活经验，"姐姐""二哥""你嫂子"这样的称呼有时候就像同志（革命意义的同志哦，别想歪了）一样，为了透着近乎劲儿，其实谁跟谁压根儿没熟到那份儿上。

我生活在天津，我热爱她的气息。天津人活得还是比较从容的，尽管对现实也多有抱怨。有人说天津人太安逸,不习惯出远门也不善于打拼,整天就知道守着老婆孩子热炕头过日子。其实我倒觉得随遇而安也是一种非常可取的生活态度。很多人奔波劳碌的最终目的不就是为了合家团圆吗?你愿意每天赶路,我喜欢悠闲漫步,安贫乐道就是了。

不俗不过年

BU SU BU GUO NIAN

我很迷恋年味儿。一直有个规矩叫"嫁出的女儿不许见娘家的灯",所以,大年三十那顿团圆饭是不带闺女及其家庭成员玩儿的,明显还处在父系家庭的团圆里。她们初二才能大包小行李地带相公回娘家省亲。于是,年三十儿的晚上,一般是一群男的带着自己的家眷跟父母在一起,聊天、打麻将同时还开着电视看春节联欢晚会,带去的童男童女们自己玩自己的。上顿饭是晚上八点刚吃完,到家女眷们就又有了新任务,包饺子。先包素馅儿的,据说寓意深远能让这一年素素净净,这顿饺子需要夜里十二点吃。还得包肉馅儿的,那是留着初一早晨吃的,暗示着一年都能富有。两大盆馅,每每出现在酒足饭饱之后真让人头晕,但煮了,谁都能吃几个,没人愿意跟美好的寓意较劲儿,不就再多吃点儿吗,咱还有量!

天津人还有一天必须吃饺子,那就是大年初五,这一天,家家户户都杀气腾腾,初五是不能串门的,尤其赶饭口的时候,绝对不受待见，因为那天是"剁小人"的日子。初五家家户户吃饺子，菜板要剁得叮咚响，让四邻听见，以示正在"剁小人"。天津人把不顺心的事归结到"小人"的身上，除掉"小人"才能大吉大利，顺顺当当，初五晚上放鞭炮，也有避邪免灾的意味。你这一年要受了谁的气就抡菜刀在案板上剁剁，无论是白菜还是肉馅，一边剁一边得喊那人的名字。要说这招够歹毒的，我曾经有一次手挥两把没开好刃的大菜刀，借酒撒疯把案板都快劈了，希望别再破财，可转天自行车就在楼底下消失了，大锁头还在地上扔着。

正月里有两件事不让干，一是剃头，说死舅舅；二是不能给别人介绍对象，说死媒人，所以，这两项业务正月里暂停服务。这两条一看就是封建迷信，很多人已经不忌讳在正月里做这些事情了。

发廊里剃头的也许不多，但很多人会在这个清净的时候给自己弄一个盘头。我始终没弄明白为什么有些四五十岁的中年妇女特别热衷盘头，整个脑袋跟艺术展一样，而且还没闭馆时间。头发首先跟过了电一样，都快煳了，一根一根就像下油锅炸膨胀了的细粉丝，全竖在脑袋顶上，有的人还在发髻上挑出几缕头发做成数朵菊花，那真是个功夫，我看都能参加欧洲发艺大赛去了。头发是靠喷发胶撑着劲儿的，一个盘头我估摸着一整瓶浇灌下去都不够，无数小卡子一别，再拿吹风机死命一吹，好么，头型倍儿拧！七八级风都能扛得住。

春节时无论多冷人们也不会穿棉服了，男人多半里面一件精纺毛衣，外面一件呢子大衣或者皮夹克，头发都吹得很"起鼓儿"，倍儿板,全跟老板似的。天津人爱穿红,这跟本命年没关系,最不济的还穿双红袜子呢,老板似的别拎裤腿儿,提腿就能看见民俗。

无论串门还是走亲戚的,很少有人空着手,都跟搬运工似的扛箱子,一箱橘子一箱苹果往别人家运,其实家家户户都不缺那个,差不多跟当年点心盒子大旅行一样,这些东西也是在东家待两天又被运到西家,没准你哪天懒得搬了,拆箱一看里面的水果都成蜜饯了。

天津人称闺女为姑奶奶,女婿自然就是姑爷。老礼儿里说一个姑爷半个儿,姑爷是门前贵客,拜访丈人、丈母娘,姑爷是主角,大年初二自然演变成"姑爷节"。那天你就看吧,无论是新姑爷还是老姑爷,都油光水滑的,平时多邋遢的人形象上都不输给企业家,虽然"妈妈礼"倍儿恶毒地说诅咒剃头的人,但大义凛然的姑爷们一人弄了一特顺溜的头型带着家眷就上路了。

天津从来没禁炮,所以一到过年马路边很多卖烟花爆竹的摊儿,他们经常瞅冷子用手里烟卷头点着一挂鞭甩手就扔路中间去了,尤其遇见几个摊儿比谁的炮响,马路就跟战场似的。要说这样挺招人骂的,可是还就能引来好多人买炮,越响的越好卖。全都几挂几挂鞭往家买,因为需要放炮的时候太多了,正月三十是大年,正月初五、十五是小年,这三个日子都要放炮,饭前饭后放炮成了仪式,尤其辞旧迎新那个点儿,熬几个小时了,吃了一肚子东西没处消化,就等这一出儿了。

都是住宅楼哪有专门放炮的地方啊,平摊在地上炮仗容易灭,所以只能找地方挂。我们楼门口本来有两棵小树,但百十来号人都把鞭炮挂人家身上猛炸,一个春节下来全成炭了,谁家烤羊肉直接撅下来就能用。更多时候,大家选择拿一根棍挑着鞭炮在窗户外面放,因为鞭炮的威力越来越大,我家阳台玻璃连续两年被楼上耷拉下来的鞭炮炸裂。我估计再有几年,咱自己都能把自己的楼给端了。

一到十二点,猛烈的炮火从四面八方袭来,你把电视音响扭到最大音量春节晚会也都是哑语版的,小区里的汽车平时没动静还抽风似的叫呢,别说这么大火力,把电瓶都快叫没电了。

春节,永远是盛况空前。

不喝好不行

BU HE HAO BU XING

我对"有空咱坐坐"这句话最恐惧。一群根本不怎么熟的人硬要往一块儿凑,而且饭桌之上准有几个男的没完没了劝酒,因为不熟,所以你没法一下就急眼,只能把自己说得跟病秧子似的博得对方同情,比如说自己肝不行,或者正在过敏期全身都是红包,因为不熟,所以对方根本不拿你的病当回事,一个大老爷们就那么举着酒瓶子站着,旁边的人还跟着起哄,说得特别义薄云天,什么你喝一口其他给我之类的。等你半推半就把捂在酒杯上那只手缩回去,一杯一杯就灌开了。

我对"今天一定要喝好"这句话很警觉,什么是喝好,你不蹲厕所吐一地或者不在酒桌上出洋相就不算喝好,我最讨厌用喝酒来考察一个人是否实在,烂醉如泥那号儿的人品最好吗?以前经常遇到一些躲也躲不过去的场合,那些老大不小的男的还没喝呢就开始借酒撒疯,说点儿荤段子,拿在座的谁谁开个玩笑,以缓解互不认识的尴尬局面。我属于对酒精排异反应异常强烈的，一口白酒没往下咽就能去厕所吐半小时。所以，在我侠肝义胆把自己说成喝完酒就能横死街头也得不到丝毫同情的时候，别管什么酒干脆仰脖子就干，不出十秒，我的脸红得都吓人，而且脑门上青筋直蹦，眼珠子都挂血丝，走马路上流氓都不敢惹我，一看就杀人不眨眼的主儿。我以最快速度喝好后的第一反应就是想把桌子给掀了。

有些人比我有涵养，有一次，跟几个人吃饭，半道来了另一群人全面带微笑拿着酒瓶子就叫板，后来一扫听，他们以前当过几年兵，喝酒都跟打仗似的，我心里一个劲儿哆嗦。我把心一横，牺牲我一个幸福一桌人，我先把自己喝趴下得了，而且我趴下的速度最快。我举着酒杯嘴里喊着哥哥就站起来了，背影据说特别悲壮。那哥哥还来劲儿了，放下啤酒把白酒拧开了，他说："能主动站出来的都是好酒量，咱干白的。"咕咚咕咚就把玻璃杯倒满了。我心话，今儿就今儿个了，一仰脖子，半杯下去了，那哪叫酒啊跟硫酸似的，火烧火燎，六十多度点把火能拔罐子了。酒还没到胃里，我这已经跟怀了孕似的开始强烈反应，门刚推开就玩命吐，把大前天的早点都折腾出来了。

人都是有同情心的，尤其我们这拨，看见自己的同志身先士卒，大义凛然，谁坐得下去啊。筷子几乎没动，一个一个抄酒杯就上了。毕竟平时没经历过这么猛烈的训练，我们的小酒量喝一口的工夫，人家喝一杯了，就这样，我身边的同志纷纷倒下，躺沙发的躺沙发，趴桌子的趴桌子。最后只剩一男一女，我们强撩眼皮看着他们，坚守阵地啊！

他们一攻一守。男的借酒劲儿翻身上了桌子举着酒瓶子喊："有本事冲我来。"女的则以阴柔之美挨个儿劝，喝完立刻给你满上，你不喝还不行。最后四个猛男终于服了，在我们让服务员再拿两瓶白酒的时候，他们都快给服务员跪下了，有一个人抱着服务员往外推。

　　桌上的菜几乎没动，地下全是酒瓶子。知道的是拼酒，不知道的以为食物中毒呢，全放倒了，能将就站着的全摇晃。估计要赶对时辰，还能有几个现原形的，全跟喝了雄黄酒似的。

　　那次酒局，众人在清醒之后都不记得了，我每次仰慕地对那个跳上桌子转盘跟对方叫板的哥们儿讲他当时壮举，他都说我胡编。

　　喝好，是一个让气氛走向混乱的过程，后来我再也不去"没事出来坐坐"了，远离那些同仇敌忾给你劝酒的人。

投诉也能上瘾
TOU SU YE NENG SHANG YIN

　　为了保证电子银行使用安全，赵文雯说得去银行办个加密锁，就是外观像个U盘似的移动数字证书，尽管我从来不网上购物，本着她有的我也得有的原则打算起哄办一个。下午给银行打了电话，对方说到了就能办，目前还剩绿色的一款。转天上午，我们胳膊挎胳膊就进了银行，到咨询处一问说办那东西不用事先填表，排队到窗口即填即办，我们就在椅子里等着，屁股都坐硬了，赵文雯跟贼一样到处踅摸。

　　终于轮到，柜台里一个打扮得像欧洲小少妇一样的女人，盘着头，姿色尚好，制服里面露着小低胸，怎么这衣服到人家身上那么好看呢。两个中年妇女正目露惊羡，忽然，背后伸过来一只长毛的胳膊，把我们从中间扒拉开，一个男的把一书包钱咣当一下扔柜台上。小低胸立刻把钱一捆一捆拿进去，再不理我们。赵文雯脾气多爆啊，拍着大理石台面就嚷："这有先来后到吗？"小低胸眼角夹了她一眼，没好气地说："刚才这位顾客没办完。"我也急了，没办完你把我们喊来干吗啊。小低胸没答理我，起身用大白鹅的步态在她办公区里转悠了一圈儿，回来平静地扔出一句话："没加密锁了，你们要办到广东路去。"等了快一个小时，搁哑巴都得说话了。赵文雯彻底怒了，跟黄继光似的拿胖身子堵着小窗口："叫你们经理来。"里面不服还挑衅："这事儿，在我们这大堂经理就能解决，你自己去叫吧！"赵文雯说："你去叫！"两人就差上嘴咬了。

大堂经理是个吓吓唧唧的花旦男，负责在我们和他领导之间传话，跟八哥赛（似）的。三个回合后，说看看能不能跟银行职工调剂两个给我们，但再回来就变成谁手里都没有了。一会儿，管事的出现了。那女人眨着刷成足有两公分长的假睫毛上来就问："你们想怎么样？"好像我们站一个多小时就为来无理取闹的。赵文雯说："你怎么解决？"她语速很快地像蛇吐信子似的说："两个选择，第一，送你们两个小礼品；第二，我给你们联系广东路营业厅你们去办。"我说，之前你们银行有很多机会可以告诉我们没有了，却让我们白等了这么长时间。我在你们银行存款，利息多少听你们的，拿号排队按你们的规矩……那女人没等我说完，"呵，那你们就打车去吧，单位不能给你们报销，费用我自掏腰包行了吧。"那女人娥眉倒卷，气吞山河，要不是穿的职业装就差往我们身上砍高跟鞋薅头发了。我一琢磨她肯定以为我们不好意思用她的钱，就直接瞪眼告她，我们打车。临出银行那女的在后面喊："我只管报销单程啊。"路上，我们越想越生气，决定分头投诉，她负责总部，我负责本地。

银行客服的回复电话很快来了,上来就问:"您打算怎么解决?"我一听这话就有点儿蒙。赵文雯可不管那套,开门见山:"给我们把办加密锁的费用报了!"看来人真该为自己的权益争取,没几天,总部就通知我们回那个银行报销。

这样的结果纯属误打误撞,其实我们的气早就消了,拿到钱的时候还跟占了便宜似的,倍儿美,胳膊挎胳膊就找地儿吃饭去了,把那点儿钱花个精光。赵文雯得意地问我:"你满意吗?"我点头,她鼻子一哼说:"他们要有诚意就拿着小礼品来道歉了。"天啊,她还惦记着小礼品。

经过那次较量,赵文雯明显把注意力从网上购物转到替别人拔创上,时不时就投诉,别说,大部分都有效果,她总说,咱不能花钱消费还让他们欺负。

脑子进水了
NAO ZI JIN SHUI LE

....

别人是肩膀挑衣服，老贺是胸口挑衣服，他心理素质真好，作为一个男的，他胖得实在不是地方，上面掉点儿什么东西全被胸口接住了，跟端着个脸盆赛（似）的。老贺很男人，屋里没矿泉水，永远是他胳膊一抡就换上了，其他男的都当自己是睁眼瞎，宁愿去别的屋接水喝。老贺心细，浪漫，拿女朋友当自己闺女养活。这些日子整天有快递公司给他送东西，老贺倍儿神秘，从来不拆开验货，往柜门里一掖，等下班人都走得差不多了他才蹑手蹑脚地撕包装，跟偷女同事东西似的。

我实在好奇，在他即将拆东西的时候一巴掌拍在他的肩膀上，吓得他身上胖肉一哆嗦。我摆出一副无赖的表情，一屁股坐在电脑桌上："哥们儿，是送我的礼物吗？"我帮他拆开一看，有点儿傻眼，竟然是面膜、眼膜，头部按摩手套外加一个去死皮的搓脚板儿。老贺显然没精神准备，急着把我往下推，他怕我把电脑桌坐塌了。之后几天，我就发现他女朋友桌上经常出现小零碎儿，有扎在头发上大大小小花里胡哨的头饰，有耳环项链小吊坠，还有茶杯、娃娃、电子玩具……老贺女朋友的造型也紧跟着就发生了革命性变异，几乎在一夜间从恬静淑女成功转型为妖娆媚妇，越打扮越不正经，每天都顶花带刺儿、珠光宝气地去上班。

老贺追女友的险恶用心很明目张胆，有一天，他跟网络信息员赛（似）的告诉我，某网又搞促销了，不论价钱多少，只要买东西就免运费，我是那网钻石VIP客户，照这样的话，我在所有折扣的基础上还可以再享受九五折优惠！其实我没什么要买的，而且就算花快递运费才五块钱而已，但是为了回应该网站在炎炎夏季里给予客户的炙烈诚意，我一定要买点儿什么响应一下。我的想法得到了老贺的肯定，他让我帮他买瓶香水和一个坤包送女朋友用。我自己选了三本书，但是在下订单的时候分了两个订单，我想，这样的话，那网站就要把东西分两批寄过来。运费对于我是免单的，但人家网站还要支付给快递公司，而且本是一个订单却要做两次处理，我猜这恐怕也会增加他们的工作负担，至少他们是要把东西包装成两份。我怎么能这样没良心呢！于是不怕麻烦地从网上把两个订单合并了。

第二天，我收到了那个网站的发货邮件，却发现我的订单是要付运费的，多亏是收货后付费的。很蹊跷，我只好给客服打了电话。接电话的是个童工嗓音，战战兢兢的接线员。我说明情况后，接线员问我：请问您是不是做过合并订单的操作？我给了他一个充满疑问的肯定回答。接线员解释说：我们这里，只要是合并的订单就都不免运费。如果想免运费的话,唯一出路就是当这批货送到的时候拒收,然后再下一次订单,他们会再给寄一次。当然,拒收不需要什么理由,只说不要了就可以。我再次苦口婆心地说,我的合并订单操作是为了减轻你们的工作负担,可那边小声说没办法。我问:"设计程序的人脑子进水了吧?"童工在电话里笑,还挺好听的。他坚持说他们先进的物流配送电脑系统就是这样规定流程的。

撂了电话,我情绪很激动,老贺平静地说:别生气,来了以后咱拒收!然后分五次下订单,让他们挨份打包装运过来。我忽然明白他是怎么每天都能讨女朋友欢心的了。

看病也要搞套餐
KAN BING YE YAO GAO TAO CAN

我最憷头去医院，有的地方没病都能把你气出病来。可赶上一个特惜命的邻居也没办法，赵文雯只要身体一有不适就立刻往医院跑，就跟医药费有人都给报销似的，有股子不看白不看的气魄。这不，早晨就来敲门，说肚子疼让我陪她去医院。我赶紧开车护驾，比120还周到，带着水带着面巾纸和早点，这一去还不知道几点能回家呢。

我们去了离小区最近的一家医院，一楼大厅里的人一点儿不比证券公司炒股的人少，到处都排队。赵文雯执意要看妇科，她想让大夫开点儿治疗痛经的药。终于护士抖搂着她的病历喊了，赵文雯弓着身子挑门帘进去了，我作为患者家属被拦在门外。连一分钟没到，赵文雯又撅着出来了，手里拿着几张纸。我搀着她坐下，手里全是需要交费的化验单。上面写着妊娠检查、性病检查、B超检查、血常规检查、阴道清洗等好多项。我一看就急了："你正是月经期还做妊娠检查干吗啊，傻子都知道没怀孕。以为咱是搞色情服务的呢，先查性病。"楼道里就听我一个人叫唤，赵文雯觉得特不好意思，怕我的情绪影响大夫给她好好看，小声说："我跟大夫说了，可大夫说必须做全套检查，看结果再说。"我盯着护士的头皮阴阳怪气地说："嚯，还必须做全套，以为这是洗浴中心呢。"赵文雯一把把我拉下楼交钱去了。

当然，妊娠结果和性病的检查结果都是阴性。可怜的赵文雯站在楼道喝了一瓶矿泉水还觉得没尿，我又去买了一瓶，她跟驴似的也不抱怨了，一口一口浇灌自己，然后就楼上楼下转悠，因为有个看病的人告诉她干站着不会觉得憋。终于耗到 B 超室都没人了，赵文雯扭进去了，肚子一晾，没尿，不到两秒钟就给人家轰出来。这眼瞅着就快到中午了，我把她拉到厕所，打开水龙头让她听水声，间歇时吹口哨，没想到她的膀胱比我的胃都大，折腾得我都快憋不住了，她终于示意可以了。我们急急忙忙赶到 B 超室，锁门了，一问，大夫吃饭去了，让等着。眼瞅着赵文雯憋得脑袋上青筋直蹦，最后只能把那两瓶矿泉水再放出来，下午接着喝。

血常规那叫查得一个细，几十项检查结果，一看就是照查白血病的规模做的。赵文雯 B 超也显示一切正常，没有怀孕和宫外孕迹象。然后可怜孩子又被撂倒在妇科检查床上，我在外面听着她轻微的呻吟声，心里直骂街，这是医院还是法院啊，非怀疑她怀孕了，我们花钱全是在证明自己的清白，这是没孩子，有了孩子这么折腾也得流产。当所有检查结果递交到大夫手里，人家只轻松地说了声：

"没事啊。你家里有止疼药和益母草吗？没有可以到外面药店自己买，比我们这便宜，我给你开也行。"说得还挺见真情，赵文雯都快落泪了。

　　回去的时候赵文雯一直生闷气，觉得自己倒霉。我只好把自己的倒霉事抖搂出来以宽她心。我几年前一度经常头疼，那时候也惜命，跑医院挂号。大夫跟摆卦摊儿的似的，捏着手指头始终在那自己掐算，最后也需要用排除法，先让去照脑 CT，得排除里面长异物。那时候把我吓得都快瘫地上了，花了好几百块钱，做完没事，大夫又建议我做核磁共振，说那东西准。幸亏我当时没带那么多钱，大夫又把我支去验血，做性六项检查，怀疑得了不孕症。我当时还想呢，头疼怎么还跟不孕不育有联系呢，钱都花完了。回家被我妈骂了一顿，连检查结果都没让我去拿。受了一通惊吓头也不疼了，之后怀孕生子，用事实证明我没得不孕症。至今脑 CT 的片子还在车后备厢里扔着，留着冬天拿它刮玻璃上的冰用。

　　有的大夫太依赖机器了，恨不能你把全医院所有设备都用一遍，那叫看病吗，比体检都全乎。

把嘴缝起来得了
BA ZUI FENG QI LAI DE LE

....

　　我们楼五十岁以上的人最爱看的电视节目是中央电视台的《每周质量报告》，中老年人隔几天就奔走相告什么东西已经不能吃了，倍儿负责倍儿周到，有时候还往保安室门口的布告栏里贴大字报，各抒己见，这是找不着做这些东西的人，估计抓住就得批斗游街。业主委员会的袁大娘每天带着几个亲信在小区里转悠抓坏人，前几天看见我叼着个西红柿往外跑，手一挥："唉唉唉，你吃的嘛？"我跑到她跟前谦卑地嗫着西红柿里的水儿说："火柿子，您老藏藏（尝尝）。"袁大娘有点儿急："借（这）嘛日子你就吃火柿子，不告泥（你）们了吗，别吃反季节的东西，得癌，你看现在多少人得白血病，以前哪有几个得借（病）的，不坑人吗？香蕉最近别吃了，咱门口都卖一块钱三斤了，你看还有人买吗？"我一听眼眉都竖起来了，香蕉才三毛多一斤，这可得抢点儿。袁大娘又说了："年轻轻的，别总嘛新鲜吃嘛，也别给孩子瞎吃，你看现在小孩吃的，三岁能长胡子。"

真夸张，说的那是孩子吗，简直是山羊。但在老人面前我还是得表现得很听话，要不她转头就告我妈。我当着她的面把挺贵的大西红柿扔垃圾箱里了，袁大娘这才收兵去其他门栋巡逻。

门口哪有卖三毛钱一斤的香蕉啊，都卖一块五，吃那么贵的东西长胡子太不值当的，于是去集市买了几根短粗黄瓜，打算晚上蘸酱吃，卖东西的一看老主顾来了，紧着张罗，把够我一星期吃的黄瓜都扔袋子里了，我一个劲儿拦，她一个劲儿放，最后又抓了一根说："借（这）根儿饶的。"这才让我心理平衡点儿。晚上自己边看电视边啃黄瓜，困了睡觉，生活得特有规律。转天我妈中午做饭，对我买的黄瓜非常不满，一边在厨房炒菜一边往屋子这边喊："以后买小点儿的黄瓜，这么老长一看就不好。"我心想怎么会长呢，我买的个个矮胖啊。奔到厨房一看，我昨天扔地下那些黄瓜跟使了增高鞋垫赛（似）的，一夜工夫长了一大截。

我蹲那儿直想抠自己嗓子眼儿。一怒之下，我直奔市场找那个卖黄瓜的算账。人家态度还真诚恳，不紧不慢劝我："黄瓜里打了点儿催长剂，不碍事。你看那卖螃蟹的，哪个不往水里放海盐晶啊，你吃嘴里以为海鲜味儿，其实你把鲫鱼扔水里也一样。该吃吃该喝喝，别计较。"她还挺想得开，劝上我了，还当着我的面把一生黄瓜塞嘴里嚼，那意思，要能吃死人我早死了。面对一视死如归的主儿你还真没辙，总不能因为人家卖的黄瓜躺地下就能闷头增高打110吧。

玩高科技的还不止卖黄瓜的，我正往回走，看见三门的一个大哥一手拎菜刀一手抱半拉西瓜，我茫然地打着招呼，大哥把刀一横：

[昆虫总动员·蜘蛛侠]

以前搞网络的吃香,媒体可劲儿吹,弄得那些三哥不知道自己行老几了,个个以为自己是比尔·盖茨,钱马上就要没脚面了。跟得了妄想症似的,搞网络的就算弓精英啊?手上缠上点绳子就当蜘蛛侠,想什么呢。满大街都是背大黑包的人,一样有蹲地上吃盒饭的。你看电脑城那儿攒机器的、卖盗版软件的都拿自己当人才呢,其实现在会点制图、会做个网页的人满大街都是,那都不算本事了。有本事的都熊猫烧香去了,但能怎么样呢?网织得挺大挺密,还是最后给一筷子排下来了。不一定是个织网的就是蜘蛛侠,很多充其量也就是个手工业者,平时老实编点十字绣。

【前面就是个坑】

全中国的房子好像都在涨价，城市里得抻着脖子仰视的楼宇越来越多，每户的面积都那么大，房价让人绝望。钱也就够帮别人分摊公共面积的，以前还以为跟我似的穷人也别说，老百姓还真够有钱的，你晚去一步多呢。现在一百来万买套房子说订就订，都卖完了。想看房型都没人给你开门，人家开发商说了，跟自给似的，全抢。

前面就是个坑，傻子才往里跳呢。

"你看看这西瓜。"我一看,挺红的,颜色倍儿鲜亮。他说:"孩子发烧,姥姥让给买个西瓜利尿,西瓜切开孩子也吃了,一会儿工夫再看桌子上都是红水儿,那颜色绝对不是西瓜汁的颜色,不定打什么针了呢。"我抹了一下,还真是红药水的模样。

我在小区的大字报上用签字笔在慎吃那一栏填上了黄瓜,看着上面密密麻麻的黑名单,我想起我们家已经很久不吃豆制品了,再也没吃过银耳、腐乳、辣酱、香肠、馒头之类的东西,买胡萝卜从来不敢买洗得干干净净讨人喜欢的那种,谁泥巴多挑谁,再也不考虑压不压分量了。藕也是挑脏的,菜买带虫子眼儿的,入嘴的东西再贵也不买转基因的。可长了胃你能不吃饭吗?只要吃就保不齐对咽进去的那口没根,人干脆把嘴缝起来得了,弄点儿营养液一边上班一边往胳膊上的血管上一插,什么都不耽误,营养液自己搭配,怕胖的多兑点儿水,不愿意瘦的灌点儿脂肪嘛的,蛮省事。

我觉得像《每周质量报告》这样的节目应该多播几次,专门弄个大屏幕在市场里播才好呢,把那些黑良心的制造者揪出来。

打住，别瞎忽悠

DA ZHU, BIE XIA HU YOU

没上春晚的郭大师跑央视3·15晚会演"郭德纲砸纲"去了，尽管事后有媒体质问他，人家仍劲儿劲儿地用说相声的语气还嘴儿：我不能保证全世界所有人、包括那些猴儿啊、猩猩啊什么的都能管用，人参也不是对每一个人都管用的。

咱暂且不说这些药能不能治病，暂且不追究郭大师怎么给咱抖这么个包袱，我就是不明白各种药是否管用不得有药品监督局盯着吗？这广告出来前不得经过主管机关层层审核吗？一名人，虽然人家见过的钱比咱用过的手纸多，但这年头搁谁能把那玩意儿当粪土啊，傻子都知道数数揣自己兜里留着。名人又不是郎中出身，吃一剂药就能分辨出大力丸是山楂糕做的，你指望他在代言前打假这可能吗？

名人都是什么人啊，一群什么都吃就是不吃亏的主儿，打开电视，尽是熟面孔。

我看已经有能主事儿的老领导站出来说：名人代言虚假广告欺骗老百姓要追究其相应的责任。这是喜讯，至少提醒那些腕儿们在钱面前要多些顾虑，别稀里糊涂猛一脑袋扎下去成了兼职打托儿的。你要代言点儿哗众取宠的东西，人家买了上当，扔了最多损失点儿钱，但为虚假药品、食品、化妆品代言很有可能就成了图财害命的帮凶。以后提醒名人也长点儿心眼，把要代言的东西自己先用个一年半载，没嘛生命危险再答应商家，别合伙总拿老百姓当小白鼠实验了，咱平时吃龙虾的机会不多，小体格可扛不住那些假冒伪劣东西的造。

要说现在的广告胆子还真大，有些广告也不忌讳点儿，在儿童节目集中播放的时间段播的广告特色情，我经常在儿子动画片换台的时候能瞅见一个光膀子几乎露大腿根儿的妇女对着自己手里的一个黑糊糊的手机舔嘴唇，舌头老长，跟信子赛（似）的。好在孩子们的心理素质在不断增强，我早就介绍过这个阿姨是长虫变的人形，她总拿手机当巧克力。咱再说我一朋友的孩子，刚两岁的小女孩正是学说话的时候，成天跟着姥姥看电视，会说的第一句整话居然是："我（读窝）用妇炎（读艳）洁（读借），洗洗更健康（读抗）。"而且家里来谁，小姑娘都特别兴奋地跑上去抱住你的腿说："窝用妇艳借，洗洗更健抗。"一家老小都想把电视砸了。

我有一度晚上下班比较晚，一个人傻开倍儿没劲，随手把广播一按，好么，都傻眼了，哪个台都是卖春药的，生殖系统疾病包治包好。女大夫心理素质绝佳，语气荡气回肠，特开朗，男患者在那支支吾吾，总问吃几个疗程能妙手回春。人家探讨的问题很生理，我都不好意思听了，干脆把广播关了换上一盘儿歌磁带。

　　我想我们的生活里不能缺少广告，它也是资讯传播的一种手段，但是，你们不能什么都瞎忽悠，没人想跟你们玩真假美猴王的小游戏，我们要真实，要健康，要安静和谐的生活。虚假广告，打住，别瞎忽悠！

发财当自强
FA CAI DANG ZI QIANG

....

发财是件挺激动人心的事。本来死眉塌眼地过日子内心平静极了，忽然有一天你拿脚踩上一张大票儿，四周还没失主，捡起来揣兜里赶紧给花了，明天走到这，你眼神儿准活，流露出特低俗的惦记。发财这事儿就怕有人撺掇，阿绿这几天跟着魔了一般，见我便谈大盘指数，愣充倍儿懂的样子，前十分钟你就让她说，差不多八分钟的时候她语气开始放缓，前言不搭后语但主题清晰，鼓吹钱能生钱就不能扔银行放着。可是就她，打有工资开始见天地把钱往银行送，人家也不用钱包，各种卡直接装在一个塑料扑克牌盒里，要用，哗啦倒一柜台，跟黑社会老千一样，让收银员自己挑。这样一个爱存钱的人现在拼命取钱，买了基金买股票，她住的房子要不是租的，早几个前就搭着卖了。现在阿绿带现金了，口袋里一抓一把全是五十以下的，跟刚收摊儿回来似的。

有一次晚上约我吃饭，老远就看见她在饭店门口晃悠，两手揣着兜，过来一个人她就扭脖子看人家一会儿，像手里有多少假发票推销不出去似的，最神的是大黑天的还戴着墨镜。我紧跑两步挽住她的宽阔臂弯往饭馆里拽，一边问："你戴墨镜干吗？"她假模假式地叹了口气："我怕记者认出我来。"我把她胳膊甩开："就你，站记者眼跟前人家都未必看你，连你们那片儿警对你都没印象。"落座没一会儿，这个奇女子又张嘴了："大盘指数会上冲3000点，股民下星期能不能收米不能肯定，但我们基民下星期肯定能大丰收，因为下星期上涨的应该都是大盘蓝筹股，这些都是基金的重仓，所以我们基友会有不错的收成。"也不知道撺掇她的那人说了些什么，让阿绿死心塌地把所有积蓄都扔进去等着发横财，那气势看着跟转手能把全北京买下来似的。

在阿绿面前我明显特没文化，跟经济沾边的一句谈不出来，说了句"汽油可降价了"算是唯一有点儿新闻性的话。往人家电脑那一站，屏幕上都是大盘趋势图，红的绿的曲里拐弯，像心电图。被阿绿几天灌输得我已经开始对她由衷地崇拜，我睁着无知的眼睛满怀期待看她："你都买什么了？回头我也买点儿发横财去。"她一听这话，跟打了兴奋剂似的，穷显摆劲儿又上来了。在我脑袋顶上分析这几天的大盘走势，终于从"我的文件"夹里调出一个电子表格，里面跟工资表似的，我把自己仰在电脑椅上，劲儿有点大差点折过去。

"这都是你买的？"我眼睛都看花了。阿绿说："是啊，一样买点儿，有赔有赚，都压一个上风险太大。"我眯缝着眼睛盯着眼前这个奇女子，没见过这么细腻的。无论是基金还是股票人家一样就买几千块钱的，买了几十种，跟抓杂拌糖似的，水果糖奶糖软糖最后再饶把虾米酥黄油球，特别周到。

漫长的一下午，我们坐在电脑前，挨笔跟她一起算收益，最后还行，数据显示赔的赚的相抵后盈余一百六十块零五毛。我拍着键盘大声质问："哪个没脑子的人告你这么投资的？"她毕恭毕敬地双手捧起我的胳膊挪开键盘那儿，指着自己的脸说："要拍拍这，键盘一百多，够买九十多份基金呢。"简直中病了！

在我的威逼下，阿绿说是赵文雯告诉她这么投资的，我都从椅子里跳出来了："赵文雯整天稀里糊涂自己能走回家就不错，她的话你也信啊，你问问她会用自动提款机吗？她婆婆给老家写封信让她帮寄一下，她愣把信给扔邮局门口垃圾箱里了，还沾沾自喜回家说现在的信箱不分外埠和本地投递口。你说垃圾箱不就多涂了层绿油漆吗，可那跟信箱长得也不一样啊。她也买了？"我嚣张的气焰明显让阿绿有些吃惊，她赶紧磕磕巴巴地说："是赵文雯一个在银行的同学告诉她，她又告诉我的。她买没买我真不知道。"

我急急地奔到门口穿外套，拉起阿绿去找赵文雯算账。赵姓女人大概深知害人不浅，我们砸半天门她才慢吞吞地开，家里那叫一个乱。屋里除了黑色垃圾袋就是纸箱子，状态也比较可疑。我开门见山："你最近找什么歪门邪道发财呢？"她吓得一哆嗦："就怕你知道，整天提防着，你还是知道了？"我说："你买基金了？"她说："我开网店呢，在网上卖货，看看有没有机会做大，我就专门干这个了。"

我和阿绿的眼睛直发光异口同声问,"你卖什么",在"你们看"的带领下,我们目睹了一个网页的内容,里面除了铅笔杯子项链就是钥匙扣手机链之类的,而且定价比地摊儿上还贵。物价局倒管不了她,可谁会往她这买啊?铅笔一支九块钱,运费买主就得自己掏十二元,谁那么疯啊,又不是捐款。

　　赵文雯也着魔了,一点儿不比阿绿的劲儿小,二十四小时挂在网上眼巴巴等人"拍"她那些零碎,那一地破烂花了她三千块钱,除了她主动送人的,就没正经卖出一件,即便这样她依然冷静地膨胀着发财梦,不但要再去首都动物园批发市场进货还要囤点儿时尚家具卖。我眼瞅着跟前这俩一心要发横财的女强人想,她们想的招儿还不如直接卖自己靠谱,那是正经赚钱的辙吗,真是的!

人体实验

REN TI SHI YAN

....

我最反感广告上那句"别让孩子输在起跑线上",这句话特别像从算命的大仙嘴里出来的,你明知道根本不靠谱,但当他那只仿佛刚蜕完皮的手在你掌心里来回那么一搓,每句不疼不痒的话似乎都有玄机,你问,人家还不细说了,让你自己悟去。有点儿钱的,道行又稍微高点儿的主顾马上就想明白了,自己这辈子差不多定型了,孩子可不能耽误。

我同学老吴两口子都是公务员,打孩子生下来就给喝老外那儿产的奶粉,因为包装袋上印着个大脑的剖面图旁边的大字母上写着"DHA"。咱也不知道那东西是干吗用的,但老吴坚信外国的东西就是好,里面就是有促进脑细胞生长的东西,好么,跟太上老君的金丹似的。别说,人家孩子也真争气,三天就能干进去一袋奶粉,我盘算着这孩子可长了不少脑细胞了,极力劝他们两口子把孩子喝完的奶瓶子冲冲,把里面的水喝了,没准能在中年时期苦争春一把,两人还真听话,老吴当即刷了一瓶,咕咚咕咚地灌嘴里了,那姿势,穿上虎皮裙儿就是孙大圣。可眼瞅着一箱子奶粉就见底儿了,当初买奶粉的地方还断货,没辙,老吴只能挑合资的牌子给孩子一样买一小袋让他尝。人家孩子那么多"DHA"是白补的吗?一闻就闻出差别了,小嘴还没喝就开始大哭大闹。老吴把我喊去,特别一筹莫展,我心说:光长脑子不长身子也不行,你怎么见得老外的奶粉就不得大脑袋病啊?但这话不能说,他们两口子能进厨房拿菜刀架我脖子上。

好不容易孩子长牙了,但按照老外育儿书上的营养搭配,孩子主要还得吃各种各样的罐头和流质,好端端的菜要在搅拌机里打成泥状,不给吃米粒儿得吃米粉,以为这是在太空呢,什么都用吸管嘬就成,长不长嘴都不碍事,脑袋上留个口儿就能活。孩子打出生就没胖过,大概营养都进脑子里了。老吴的妈妈经常趁那两口子不在家的时候偷着给孩子喂稀饭熬出的浓汤,蒸点儿胡萝卜切成小块塞在孩子嘴里让小家伙磨磨牙,可有一天被儿媳妇撞上了,数落婆婆破坏了科学喂养的规律,说她在农村喂鸡喂惯了,就差舀碗沙子拌饭里。老太太气得站在小区里直运气,拿后背撞树,幸亏她不是练家子,要会点儿神功小区车棚子都得给端了。

后来有一段时间没见老吴的儿子,我一问,敢情他听育儿专家说孩子爬对大脑发育很重要,硬是带着已经会走的儿子学爬去了,一个月五百块钱每天学一小时。人家孩子能干吗?本来走得好好的,急了还能跑几步,非把他按倒在地逼着在塑料台阶上爬来爬去,搁谁谁不烦，人类主要特征就是能直立行走，现在又说爬能练脑子了。幸亏老吴儿子知道认命，哭了两天就爬上了，而且一爬还挺上瘾，进楼道就跪地上特别自觉。

没过多长时间，老吴就为儿子上幼儿园的事操上心了。先考察了一批示范园，然后看幼儿杂志上专家说孩子在三岁以前是语言发展最好的时候，他就把孩子送去了双语幼儿园，第一天老师就给每个小朋友起了英文名字，一班小孩有叫"诺迪"的，有叫"尼诺"的，有叫"杰瑞"的，好么，人手一个动画片里小怪物的名儿。一放学孩子们往操场边跑边互相呼喊着英文名："维尼！"然后就有人呼应："凯蒂，咱去滑梯那儿吧。"我都蒙了，这是在大陆吗，怎么也跟置身港台赛（似）的。

老吴心里倍儿明白，他说，现在哪个幼儿园没英语老师啊，多少都会教点儿苹果鸭梨老虎大象之类的英文单词，平时跟训小猴子似的记住了给块糖，公开课的时候给家长演示，老师跟驯兽员似的一发令，孩子们就奔自己对应的单词字母去了，大家蛮美，至少咱孩子那么小就接触英语了，还真懂得知足。

孩子像我们手里的实验品，家长则是毫无经验的助教，看书学习精益求精诚惶诚恐，允许你做实验的时间不短，只是没人再给你第二次机会和实验品，谁知道最终结果会是什么？

阴着脸微笑服务

YIN ZHE LIAN WEI XIAO FU WU

"微笑服务"是个挺温暖的词儿，现在各行各业都要求"微笑服务"了，据说要求严格的单位对于嘴角挑起的角度都有统一标准，可笑又不像敬礼似的，手往太阳穴上一顶全一样，嘴大嘴小出来的效果还不同呢。其实，老百姓只希望服务行业的人能多点儿责任心，快捷认真地把事情办好，那么多年都没给什么好脸，乍一笑起来没完让人心里发毛。

要说银行是最早提供"微笑服务"的地方，你看现在谁还对你笑，有的地方人家把手往柜台上一搭，"您好，某某号为您服务。"跟念经似的眼睛都不带往外看，手底下该干嘛干嘛，你得主动把存折往他的手里推，还有态度更简捷的，问候语就一句"办嘛？"不过，没人会介意这些，老百姓甚至不会在意营业厅大不大，沙发是不是真皮，茶几上有没有摆上几颗糖，角落里有没有饮水机，中国的老百姓最朴实宽容，我们唯一的要求是能麻利点儿办完就行。

我最憷头去我们小区门口的邮局，给朋友寄本书，人家倒是挺热情，第一句就问我："寄的东西怕丢吗？"我心说，要打算扔还用跑这么远，当然不能丢，工作人员负责任地说："怕丢就寄挂号吧。"后来把书往秤上一扔，好家伙，邮费比书定价还高，不寄了，回家给快递公司打电话，花五块钱转天书就寄到了。去邮局取钱就更麻烦，窗口里的大姐站如松坐如钟，那富态样估计快五十了，几张汇款单口算都知道得数了，人家放着计算器不使，非用算盘扒拉，然后挨张相面数秒，可算动计算机找汇票号了，十个手指头，人家就用一根，她点一下，我心里下意识地就念"点点点牛眼，牛眼花，七个碟子八个瓜，不是别人就是——它"，我这默念完了，老姐姐还在那儿练一指神功呢，急得我后面的大哥直砸玻璃喊"下课"。

好多老天津人喜欢把"你（读泥）妈妈"，当口头语，而且他自己决然没有意识到这有何不妥，一般天津人听的时候也不会在意这样的口头禅。可外地人不适应，我在公共汽车上遇到过一个外地人向司机问路，司机大哥特别热心，车停着给他讲："泥妈妈下车往右，你知道吗？然后唉，泥妈妈看见一超市左拐，你知道吗？千万别泥妈妈往右，泥妈妈就简直，你知道吗？出路口泥妈妈就到了。"听得那人皱着眉头不说话也不下车，司机大哥特善意地问："泥妈妈听明白了吗？要没记住我再泥妈妈讲一遍。"那个人终于开口了："我忍了你半天了，你再泥妈妈泥妈妈的，我投诉你！"弄得大哥上不来下不去的，在那儿直龇牙花子。

一次去医院陪一个朋友看病，一楼的几个窗口都排满了人，我们站在一个人稍微少点儿的队伍末尾，但我发现这个队等半天始终不见动，我去前面一看，窗口上摆着张纸，上书"稍等"。队伍里很快站出一个女的跑到柜台那儿砸玻璃，边砸边骂街，我听见她急切地喊叫："我孩子高烧四十度了，非让先交费取药才能打退烧针，你们人呢？"我一听就急眼了，谁没孩子病的时候啊，路见不平一声吼，该出手时就出手，我这暴脾气一上来，直接跑院长室当泼妇去了，叫嚣半截被我朋友强行拉走，她说收费的人去厕所了。八分钟不长，听首歌的工夫，可八分钟对于脆弱的生命而言那是一个多么漫长的等待，黑洞一般侵蚀着焦急。

我们每天都要与窗口打交道，彼此的目光只隔着一块透明的玻璃。那些温柔的在民乐声中支使你一会儿按1一会儿按3最后压根儿没人接听的投诉电话，那些你说"我在窗口外都站了十分钟了"，他能说出"我在窗口里面都坐了三十年了"的阴着脸的微笑服务，该结束了。

"微笑服务"是个挺温暖的词儿，它应该属于服务行业的最高层次了吧，其实老百姓首先要的是服务而不是微笑。如果连最起码的工作都做不好的话，只对我微笑，那表情也成了嘲弄。

实在不行咱比吃
SHI ZAI BU XING ZAN BI CHI

....

心理健康逐渐被人们所重视，尤其有文化的人，经常剖析自己的内心。有一天阿绿突然跑我这儿也呆呆愣了半天，问她话明显就在那走神儿。"你吃饭了吗？""嗯。""你找我有事啊？""啊。""你来的时候遇到流氓了？""哦。""谁赢了？""啊。"我拿我们家最大号脸盆去厨房接了半盆水，给她灌辣椒油成本太大，如今嘛都涨钱了。我端着盆已经举到她脑袋顶了，她还临危不乱目光涣散，我还真没胆子就那么往下浇，主要怕沙发干不了。我把盆里的水直接便宜马桶了，然后翻出一把特大号喷水枪，灌满水，然后跟举着冲锋枪似的从厕所出来。

阿绿突然还阳了，也不对我摆的特种兵造型表示好奇，站起来抹着我胳膊上的水缓缓地说："你说我是不是智力有问题啊？"我觉得跟她站一块，我倒像智力有问题的，一中年妇女大下午举着把水枪对着另一个女的。我把枪放下，然后很认真地琢磨了一会儿，觉得也有这个可能,然后打算用智力测验测测她是否智障。一听我要测试,她立刻兴奋劲儿来了:"快说快说!"还催上了,好像特盼着自己是个傻子赛(似)的。

"你坐公共汽车上班,第一站上来三个人,没人下。第二站,下去十个人,上来五个人。第三站没人下也没人上。第四站,下去一个人,上来三个人。今天星期几啊?"我话音未落,阿绿急了:"你先别管今天星期几,车里原来有多少人?你不告诉基数怎么算最后的人?"我哈哈大笑,我就没想让她算人数,只想问星期几来着。阿绿端起水枪照着我脸扣了扳机,我一边胡噜水大喊:"你智力没问题,心理有问题。"一边躲。阿绿的子弹把电视上的小相册都撂倒了,"你这叫什么智力测验?你坟头上烧报纸——骗鬼呢?"我都快跪地求饶了,大呼:"在坟头上烧报纸,这创意好啊!文化人找文化人。"

后来阿绿说最近总是很烦躁,以前在单位审报表的时候思维挺敏捷的,这几个月来算个数都得拿计算器,智力水平明显下降。我说大概是热的吧,喝点儿藿香正气试试。她白了我一眼。晚上去她家吃饭,她男人在看电视,穿着衣服还能看出一身肉,白长那么大肚子一点儿都不威猛,坐着就是个三角形。阿绿瞪着眼跟喊长工似的:"还不做饭去!"她男人慢慢悠悠特憨厚地笑:"你人长得不好看,就应该温柔点儿,多干点儿活!"阿绿哼道:"我每天那么辛苦,你得好好伺候我,伺候好我比养十头大肥猪收益强多了。怠慢了,我找新欢。"三角形简直不屑一顾:"你爱上别人那是有可能的,但别人爱上你那是绝对不可能的!谁跟我一样傻啊。"我站在他们俩中间看这两人嘚吧嘚逗闷子。

  席间,我们又说起了都市人心理健康的话题。三角形咕咚咕咚一边喝茶一边抢话:"我觉得我也有心理疾病,我最近学狗叫上瘾。"我一口饭差点儿喷阿绿脸上,这是什么家庭啊!我拿双手捂住脸上的肌肉,怕笑大发了,收不回来。三角形得意地说:"我给你学学,你看像不像啊。汪——汪——汪!"别说,还真像狗,一点儿听不出人味儿,他这功夫都能参加"星光大道"了。我接了个电话,三角形也不闭嘴,给他老婆还叫呢,弄得电话那边问:"你家养狗了?"饭没吃完,三角形眉飞色舞地吹牛:"我哎,在路上忽然叫么几声能把小孩吓哭,你信吗?"我还没点头呢,他又说上了:"上次唉,我一叫,把俩狗吓得,听它们主人说,那俩狗一口气上五楼就进窝了。"估计这狗平时吃钙片。

  其实有的时候我也经常问自己是不是心智不健康了,活着总是压力,但想多了更绝望,所以,干脆不杞人忧天了,不就是没事学学狗叫,算数用计算器吗?以后咱不跟别人比收入住房什么的,咱比谁能吃,不行咋地!

戴护心镜上班
DAI HU XIN JING SHANG BAN

……………………………………………………………

真是流氓会武术谁也挡不住。看电视里播放那个二十五岁的导游在丽江四方街拿刀捅人，身手敏捷动作连贯，跟玩"魂斗罗"似的，一个接一个，他手起刀落的时候竟然没有丝毫迟疑，这位年轻的练家拿行人当活动沙袋了，他以为这是打擂台呢。我看见很多专家站出来分析说这位少年练家是因为小时候父母离异造成了心理阴影，可天底下父母离异的多了，有几个长大了满大街拼刺刀的啊？

我还是很怀念以前的黑白电影，好人坏人一看长相就知道，正面人物都浓眉大眼走路说话挺胸抬头，时不时望一望远方，你再看反面人物，衣服总敞着怀，长得也歪瓜裂枣，一说话眼睛就四下踅摸，一看那表情便知道这人没个好。可现在根本分不出好坏人。就拿这位会武的年轻导游来说，自己带的团里有人病了他能守一夜，可情绪一有波动也能杀出一条血路，让那么多无辜的人躺在血泊里。这能单纯地怪他的父母早年离异吗？

我看现代人的亚健康不仅仅在身体上，更多时候是在人的心理上。忙碌、孤独、郁闷，很多情绪无法及时排解，就跟没人收的垃圾似的，很快就腐烂发臭。你又没那本事自己造个堆山公园，挖条河放俩鸭子，搞得跟生态园似的。干脆别那么懒，有垃圾咱及时往远处扔，扔别的小区垃圾桶也没人管你，最好别攒着，那东西升不了值。

我就纳闷了，明晃晃的刀别说指向陌生人，就算指个动物，咱心里还得哆嗦哆嗦，可怎么偏偏有这么多人就是不害怕呢？新闻里刚说一个十五岁小男孩伙同几个同伴跑到自助银行里抢劫，把人杀了，抢了个只有四十块钱的钱包。是心理扭曲还是法律意识淡薄？谁该对这些没有长大的孩子负责呢？简直拿现在当"水泊梁山"那年头儿了，没钱，手里只要拿个大片刀往"国道"上一站"此山是我开，此树是我栽，若想从此过，留下买路财"那么一喊，人家就得把钱包里的现金银行卡什么的都交上来，气焰这么嚣张，就算没110都得叫一群小捕快收了你。要扫听出这抢劫的孩子在哪上学，估计那学校的好多家长得让自己孩子转学，就跟以前都拦着自己孩子跟坏同学好似的，学坏容易学好难啊，也不知道这学校和家大人是怎么育人的，这回被收进去服了吧，别说抢钱，连花钱都难。

经过一中午的反思，我认为，以后单位体检光查肉身是不全面的，得加一项心理检查，你在小黑屋里怎么也得回答心理医生百八十个问题，彻底没情况再往社会上撒，不然兴致一上来操刀就杀七个宰八个的，谁受得了啊？不给职工做心理检查的单位可以要求职工自保，上班不穿铁背心戴护心镜就不让打卡，来了也算旷工。

天上的馅饼在哪里

TIAN SHANG DE XIAN BING ZAI NA LI

....

现在人想发财都想疯了，存钱都改叫理财了，全是期盼天上掉馅饼的模式。我认识的几个人指望着能把小钱变大钱买房子呢。

这周发行了不少新基金，从一大早银行门口排的那些人你就能看出来，其壮观程度不亚于80年代马路边公共厕所外边排个儿的人，有吃着早点的，有衣冠不整的，很多人天刚亮就在这挨着。不上厕所憋不住，谁要敢夹个儿真有急眼的，可往银行送钱送不进去也脸红脖子粗的还真奇。从去年十月份基金开始颇受人爱戴，因为据说跟种钱似的，埋一万长两万，埋四万长八万，鱼甩籽也没有这么快的，那都是带水纹儿的一揉哗啦哗啦响的真钱啊。经过几个月你传我，我传你捕风捉影添油加醋式的小喇叭广播，现在颤颤巍巍去银行取钱的老太太都知道想赚钱买基金了。好么，这几天你再看，银行没开门外面已排了那么多怀里揣着种子的阔主儿，门一开，腿脚利索不利索的都往里冲，知道的是给银行钱，不知道的以为来

[心甘情愿]

孩子永远是这个世界的精灵,他到哪儿,哪儿就是天堂。车里的CD早就换成了张艾嘉的〈心甘情愿〉……当我偷偷放开你的手／看你小心地学会了走／你心中不明白离愁／于是快乐地不回头／简单的心简单的要求／最怕看见你把泪儿流／原来是没有梦的我／如今却被你来感动……这世界到底有多大／握紧我的手／有我陪你看你长大。

【成人制造】

成人世界是古怪的,他们的内心永远像受潮的糖,拨开黏黏的糖纸依然看不清里面,反倒被抹一手糖稀。这糖,多少甜得不尽如人意。

小的时候是自由的,尽管会被那些古怪的人管,但长大就得被放在跟他们一样的生产线上。

成人制造,是个可怕的标签。

了一群程咬金呢。

  一般基金的认购期在一个月左右，就算短也得有个把星期，可进了二月，一天时间基金就发售一空，进了三月，一小时一百个亿就被老百姓抢没了。我经常坐那想，这"亿"后面得有多少个零啊，怎么人们都那么有钱呢。前几天我看央视的新闻，一个女白领对着镜头扯脖子喊开了，情绪特别激动，她说："我昨天取了二十万，天没亮就在银行门口排队，可一开门银行的人告诉我们基金已经被认购完了，那我们损失的利息谁来赔付？"然后我就听银行的人磨磨唧唧地在那解释，说很多人在网上认购基金，他们不受银行营业时间限制，银行营业时间是九点，但有的银行八点半开门，所以造成部分人提前完成认购。

  昨天下楼，张娘特别神秘地拉住我在空无一人的车棚子里小声说："告你个信息，赶紧买基金，我侄子去年买了一万块钱的，今年开春都涨到三万了。我这刚把我和老头儿的退休费都取出来凑了几万，咱也发笔横财去。"虽然我的理想也是能过上不劳而获的幸福生活，但发横财这事连一个超市都很少去的老太太也普及到了，估计挣钱的几率很渺茫，我心里跟明镜似的。可一到家，我妈脸上的皱纹笑得特别开，我这心里咯噔一下，她准买到基金了。不出我所料，老太太还申请了网上银行，把基金代码背得倍儿溜儿，很理智地跟我说："股票咱不能买，不懂，风险也大，基金没事，跟存钱似的，反正比存银行强。"

  当全国人民脑子一热投身变基民的时候，股市开始频繁波动，一会儿黑色星期二,一会儿黑色星期四,股市跌基金掉得更厉害。弄得我这个从来不关心大盘的人每天上网就看股市行情,报纸打开就翻财经版,电视只看中央二套,广播必听财经新闻,可直到今天,我妈那基金账户还是负数呢。

我特别为那些老头老太太担心,他们拿着养老的钱一门心思以为买了基金就等于把钱埋在地里,谁也不用管,好几倍的钱转眼工夫就能从土里翻出来。要是哪天病了等着用钱,金子从土里刨不出来了可怎么办。金融部门也是,天天鼓吹理财,很少说风险,话里话外让你把钱拿来他们帮你种大团结。理财也需要精明,需要足够的时间去打理,天上不会掉馅饼,基金也有风险。

像我这种又懒又没脑子的,不如闷头走路,光仰脖子看天再犯了颈椎病。

不带这样抬举人的
BU DAI ZHE YANG TAI JU REN DE

一位姓杨的闺女火了,她着魔似的迷刘德华倒无可厚非,如今好多闺女都这样,并不稀奇,但一家人全那么着魔可太邪乎了。老爷子脾气也够暴的,赶上野家雀儿了,闺女还没怎么样呢,他先一头扎河里了,跳得还挺从容,留下遗书鼓励闺女继续追寻梦想,把刘德华数落得跟自己不孝的女婿赛(似)的,那意思,我们一家人都这样了,你小子还不从了得了?要咱普通人赶上这么浑不吝的主儿也就打110了,凭嘛呀,主动倒贴也得落个心理平衡吧。我们对门的赵文雯说了,这闺女如花似玉的年纪就长得跟楼下张娘那模样似的,还要跟刘德华独处,她找给小区扫地的刘大爷人家都未必答理她,这家人明显有病,家大人不知道拦着,还一个劲儿撺掇闺女干傻事。

我年轻那会儿也好追星,就耐(爱)看王杰、温兆伦,原版磁带买不起,找同学用双卡录音机录在TDK空白磁带上,歌词专门抄一个本里，那字写得，比作业都工整。有点儿钱就跑地摊上买几张人家相片贴在床周围，最大的性幻想就是以后照这模样的男朋友找。不过新鲜劲儿持续到十六岁很快就过去了，再弄满墙男人照片自己都觉得不得劲儿。好么，这姓杨的闺女吃了嘛这是，青春期的幻想还没完没了，后来我上网一看相关新闻，为八竿子打不着的偶像要死要活耍起来的还不少，一个叫"金泉少侠"的广州小伙子怎么看李宇春都不顺眼，脖子上挂了大纸板子，在网上扬言李宇春再不隆胸他就自杀，信写得还倍儿诚恳。这不，还有一个在北京打工的三十岁的女的，自己有相公膝下有一童女，非说自己爱何炅十几年了，让报社给牵线搭桥，问问何老师，要是愿意，她可以效仿姓杨的那闺女，后半生一直追随何炅。

　　这些人都怎么了？不带这样抬举人的，太吓人了。

　　这几天，路上遇见我们业主委员会的秦奶奶，打老远就拉住我的手说："可得管住了孩子呀，给孩子培养点儿爱好，别整天就想着搞对象，还非搞名人不可，把父母搞跳河也不顶饿。你们孩子上学了吗？"我说："快了，三岁多了。"秦奶奶大概觉得我不够重视她的话，忽然提高了嗓门："三岁多嘛不懂，电视里全淆（学）会了。"

　　听了她的话我的心还真挺凉的，现代社会百花齐放，孩子很有可能就把那些频繁出现的现象和人当了榜样，如今的家长自己都挺迷瞪的，还教育孩子？昨天上网，网友发来几张吉米的新造型照片网址链接，我打开一看，好么，这个开眼，跟人妖赛（似）的，插着腰，戴个假发，套着紧身连衣裙，穿双老么厚的松糕鞋，整个一女流氓，他要往路上一站，流氓都得一头撞死，命大的估计醒了就得发毒誓从良。

儿子问我："妈妈，这阿姨是谁啊？"我还真没法告诉他这是个叔叔，哪有一个叔叔这么不着调的，我只好关了电脑，跟他一起去玩变形翼龙。其实对于孩子提的很多问题我都无法解释，估计以后会更多，什么是对的，什么是错的，什么是正常的，什么是不正常的，连我都不知道。如今人的性别都能换来换去，还有什么是能确定的呢，真可怕。我看以后每家得给配个心理医生，贵，咱也认了，别一楼一楼的人全疯了，楼长还得挨家敛医保卡和门槛费"团购"看病。

去超市抢

QU CHAO SHI QIANG

　　超市总喜欢把厚厚的宣传单塞在信箱里，我每次抽出来随手就扔了，但二楼的墩子姥姥看得可认真呢，要发现便宜东西特兴奋，得挨家挨户敲门通知，你要也能把语调提高八度并且表现得跃跃欲试，老太太高兴着呢。墩子姥姥每次去超市总是想着大家，让女婿开着车，便宜东西能抢多少抢多少，回家再挨家问要不要，谁好意思不要啊，老太太费那么大劲儿买回来的还比平时便宜，醋没喝完？那也得来三袋儿。因为墩子姥姥的热心，我们全楼也就过年的时候去一次超市，平时家里吃的用的富余着呢都得往亲戚家送。墩子他爸从来都是阴着脸跟在丈母娘身后，一看就老大不愿意，后来，我妈就让我当墩子姥姥的跟包。

　　上任第一天我就起晚了，墩子姥姥让我赶在超市开门前到，我睡得晨昏颠倒给忘了，我妈就差给我灌辣椒水了，因为她们骨子里都是特热心肠的人，受不得别人轻视。墩子姥姥等不及我自己坐公交车先走了,我赶紧开车追,我心想,能有多少人顶门跑超市买洋白菜啊,好么,到那一看跟银行发钱似的那些个人啊。我停好车往超市入口跑,远远看见已经有工作人员打开落地的保险门,那小伙子跟董存瑞似的正往上托呢,墩子姥姥打头儿,前面几个老头老太太弯腰爬着就进去了,我那个心酸啊。

等我跑进超市,已经有人装了一车一车的菜往收银口推,墩子姥姥孤单地站在一个撒了一地菜叶子的大木桶前,怀里抱着一塑料袋洋白菜,急切地跟我说:"大闺女把你觉也搅和了吧,刚才我被人挤出来了,没抢出多少。他们都去库房那直接拉了,咱也去吧。今天米也便宜。快走!"我推着车,一点儿不兴奋,我觉得我都快哭了。我们到了库房,排了半小时队扛了三大袋洋白菜扔车里。我抢洋白菜的时候墩子姥姥已经去抢米了,我找到她时,老太太靠在六袋米那正向我张望。我对她竖起大拇指:"您太叫人钦佩了!"那天,一袋米比外面便宜三块钱,一斤洋白菜比外面便宜三毛五。

墩子姥姥在楼下就开始问这家那家,给大伙分,老太太特别满足,我看着她笑,我觉得这样的邻居特别让人温暖。

我的手机里每月赠二百分钟的本地通话和三百条短信,我很悲哀地发现,我根本不知道该打给谁,然后在这个月即将过去的几小时,把手机给我妈,老太太问:"能打多长时间?"我说:"三个来小时吧。"她马上说出几个老同学的名字,这就拨开了号码,到吃饭点儿还聊呢,我站一边敲着饭碗小声说:"吃完再聊吧,拨多少次都不算钱。"可我妈老精神了,好么,连年初我们办公室发生了什么事,来龙去脉给人家讲，土土以前的保育院怎么教孩子，现在的幼儿园如何如何，我在报社负责什么版，最近写了什么东西，我爸今年没住院，为什么没住院，她声情并茂，那同学也是，估计多少年没人给自己打个电话，还问起没完了。我妈这边刚介绍完我们家，那老太太又说起她那边，听我妈一会儿长一会儿短的语气推算那家应该也发生不少事。

好不容易电话挂了，我妈特得意地问："怎么样，给你打出去不少吧，快查查！"我一打10086，才用了俩小时，我妈说，别急我下午还一个同学呢。老太太还真行，一天工夫把我的优惠时间都用完了，以后每月也不用惆怅了，都归她联络同学感情。她打电话的时候我很羡慕，小学中学时的同学联络了一生，多好啊，而且拿起电话总有那么多话说。而我呢，没打就会想，我又没事找人家干吗啊，大忙忙的，算了吧。而这一算，就是很久，甚至就是一生。网络有时候让我们丧失了正常的交往能力，丧失了语言表达的功能。

以前总发短信，现在发现一个月想把三百条都发出去还真不容易，又不谈恋爱哪么多话不好意思说非发短信呢。我妈同学也没人好这个，所以，只能白扔了。

人老了，有时候真像孩子，特别单纯，我真爱他们。

哪儿的孩子就得在哪儿养

NA ER DE HAI ZI JIU DE ZAI NA ER YANG

....

如今当家长真不容易，孩子小的时候全跟鱼鹰子似的，叼点儿什么都得先扔窝里，得济着孩子。好不容易孩儿们都长大了，能直接从咱嗓子眼儿里掏东西的时候，我们又开始操心别的。拿小石来说，她最看不惯那些童男童女脑子里没钱的概念，喜欢什么要什么，也不想想家长怎么挣的钱，以为赚钱跟打枣似的，杆子一挥就往下噼里啪啦地掉呢。所以平时小石总给儿子讲苦大仇深的故事，讲那些上不起学更没有玩具还经常被狗咬的孩子，她儿子也对得起她，抽冷子翻翻眼睛跟他妈妈说："把他们都接咱家来吧，咱家有的是钱。"小石气得都快咬舌自尽了。但这也启示了小石，她决定找个穷地方教育儿子一下。

交通便利的穷地儿还真不好找，我们托关系找路子，才找到一家不怎么富裕的，小石带着儿子就去了，估计人家为了迎合我们的需要把值钱的东西都转移走了，脸盆都得算大件。老乡家有个男孩跟小石儿子的年龄差不多,两岁半。他光着脚丫,脸上皱得都是小口儿,鼻涕亮晶晶地挂着,快到嘴唇上的时候,猛一吸,被拽回去,如果吸的频率稍慢一些,就得用手背帮忙,迅速抹一把,然后顺势往裤子上一擦。这孩子据说五行缺火,家里给他起了个小名,叫烧烧,太绝了,一般文化人都想不出这么有创意的名字。小石兴冲冲地拽着儿子进了烧烧住的那屋,搁心软的都得掉泪,也就能算个窝。孩子明显感动了,没一会儿就开始在院子里撒大泼,小石抱着心爱的宝贝一个劲儿劝,特别温柔,特别慈母。儿子终于把气儿倒利索了,断断续续好不容易连上句整话:"这太好了,我不回去了,我要跟烧烧一起玩。"

要说人家烧烧,整天跟刚从地里钻出来的土蚂蚱似的,困了就自己爬床上睡觉,不刷牙不洗脸,哪有土掸一下,特别纯天然。人家醒了就在墙根底下玩泥巴,没人逼着学钢琴画画,也没人跟他说什么英语,人家想上树上树,想下田下田。小石儿子以前崇拜解放军,现在崇拜烧烧,整天跟在人家屁股后面,学拿木棍子打野狗,学用弹弓子射鸟,脚上不但不穿鞋,连袜子都扒了,绝对的入乡随俗,抹鼻涕动作都跟烧烧一样。睡觉前小石得拿着刷牙缸子满院子追,这孩子连手都不洗了。才两天工夫,小石儿子出落得跟《魔鬼胡安》那电影里的小黑孩子克里布立似的。

农村孩子全是放养型,天亮跑出去玩,天黑自己还知道回来,烧烧那小手一伸出来,跟戴了一副黑手套似的,脏手指头在嘴里出出进进,可人家就是不生病。克里布立到哪儿都迷路,口袋里还煞有介事地放着一个指南针,箭头在里面转,可连他妈都说不清哪边是北。克里布立刚放养两天就开始发烧,这坚定了小石多待几天的信念。因为她想总结一套科学饲养的育儿方式,放穷地儿养孩子没准能让克里布立自立一些,这不,自打整天跟泥巴熬鳔,儿子从来没念叨过奥特曼蜘蛛侠。

烧烧体格是好,放地上就跟脚底下踩了风火轮似的,转眼人就看不见了,一天下来,只能拿他身上的伤来确定这孩子都玩什么去了。烧烧挺气壮山河的,一口气能吃六根冰棍,吃完自己特有根地对妈妈说:"咱上医院打针吧。"还有一次,烧烧姥姥大概态度没拿捏好,把孩子的小暴脾气激起来了,烧烧多亘了,随手在桌上抓起一块五就塞嘴里了,姥姥直求饶,好不容易用巧克力哄他张开嘴,拽出一张一块的,那五毛硬币他一扬脖子就进去了。下水道还有拐弯呢,这嗓子没挡板,直接就进肚子里了。要咱早去医院了,人家父母跟白求恩似的,沉着冷静去地里摘了一菜篮子韭菜,把韭菜系成扣儿,让烧烧愣往下咽。孩子还真艮,也不喝水,凭吐沫就把一捆韭菜送肚子里去了。烧烧每拉一次,父母就蹲在尿盆边用小棍扒拉找那五毛硬币。这场面可把小石吓坏了,带孩子转天就走了。

据说烧烧一个月后才把那五毛钱拉下来,而克里布立在穷乡僻壤养成的坏毛病两个月才扳过来。小石最后得出的结论是:哪儿的孩子就得在哪儿养。

英雄母亲

YING XIONG MU QIN

　　我特别佩服那种不认生的人，倍儿大方，绝不怯阵冷场，根本不认识你，能在旁边唠吧唠，把三姨六舅母是干什么的，哥几个谁最不孝顺，谁最抠门，谁为嘛离婚都抖搂出来，而且态度诚恳，拿你真不当外人。

　　有一次我带孩子去麦当劳，我守着一盘子纸团吸管儿和没吃完的东西目光呆滞地看着在塑料滑梯上蹦蹦跳跳的童男童女，忽然，肩膀上被拍了一下"哪个是你们孩子？"我抬头看了一眼，一个把眉毛文得比眼珠还黑的大姐正斜倚在我的椅背儿上，浑身没多少肉，还穿件特紧身的墨绿衣服，在塑身衣外罩着半件衣服上身儿，因为那衣服半了咯唧，胸口以下布料没了，像一个成人练了缩骨术套了件小孩衣服似的，特别扭。但人家面带微笑，我只好以礼服人，同样笑着，指点哪个孩子是我亲生的。她又问："上幼儿园了吗？几岁了？在哪儿上的？老师行吗？"我刚答完，她话又跟上了："你们孩子高?我们孩子高?"跟个采访机似的,嘴就不拾闲儿。

可算没什么问题可以问的了,我刚向滑梯招了招手,缩骨女在我肩膀上推了一把:"你看我们孩子三岁多吧,怎么谁看了都问上没上学呢?"我敷衍着看了一下正坐在地上玩自己脏脚丫子童男,那孩子确实膀阔腰圆,论坯子份儿是显得挺成熟的。看我沉吟,缩骨女又说:"你说我们这孩子怎么长那么老绷呢?"天啊,我还第一次听一个母亲用"老绷"这样的词形容自己的孩子。我赶紧言不由衷地夸那个刚从地上爬起来的童男,把能用到一个孩子身上的好词几乎都用上了,直说到缩骨女都不好意思了,别着俩腿用手直戳我椅子背儿,漆都快给抠掉了。

本以为她没什么问题了,在我拉着孩子要走的时候还是扒拉着我问:"你们孩子现在学什么呢?在哪儿学的?"我匆匆说了句学游泳呢,大致介绍了一下游泳队的情况就走了。奇迹发生在我说完这话的三天后的一个傍晚,我刚进游泳馆,就看见那件跟虫子壳一样的衣服了,四目相对,我惊讶,她热情地过来打着招呼。转眼间,壮童男跟我儿子已经互相介绍上各自幼儿园情况了,他们俩正说着,童男童女的队伍被带进游泳池。我看见她挺意外的,就随便说了句:"你们孩子多文静啊。"我觉得"文静"是个好词儿,可缩骨女反应太强烈了,一嗓子"嚯——你可别这么说。"吓了我一跳,我以为她要跟我骂街呢。

缩骨女接下来就壮童男的成长发表了长篇大论演讲,摘录如下:"我们孩子打小儿放爷爷奶奶那儿,惯得简直就没人样儿了。一岁半那会儿,你吃着好好的饭他能把桌子给你掀了,甭管什么东西,手快极了,胳膊一抡全给你掀翻。家里跟铁沾边的都得藏起来,怕到他手里变凶器,你一管,他还骂街,都跟爷爷学的,我们爷爷就骂街。这孩子能闹翻天,爷爷奶奶现在管不了了,说我们孩子长大就是进监狱的料。"缩骨女跟说评书一样,好几个家长听得都直眼儿了,就缩骨女边说还边乐,我都怀疑这孩子是她生的吗。

"后来我一看孩子放老人那不就糟尽了吗?我跟他爸一合计,接回来!这回我得狠管了,我趸摸了一根棍子放门后头,告他爸,我打孩子你可别心疼,心疼他就算害了他。归齐孩子让我打得,屁股肿起老高,坐都坐不下去。开始这孩子还不服,顶嘴,不改,打几次就不敢爹刺儿了。来学游泳之前我们在家学扎猛子,我打了一盆水,这孩子跟缺心眼似的,脑袋进去喝开了,开始水少我还没发现怎么回事,还一个劲儿往里兑,后来一看他那小肚子都圆了,一会儿一泡尿一会儿一泡尿,没一个小时喝了多半盆水。"

这个姐姐太江湖了,简直是培养水泊梁山下一代,我不得不竖起了大拇指,简直是—英雄母亲。

儿孙自有儿孙福

ER SUN ZI YOU ER SUN FU

　　房子是结婚前的必需品。以前的人能凑合,几代人挤在两间小屋里很常见,现在人可受不了这苦,别说跟你一起住,你多来几趟人家都得有意见。嫁鸡随鸡嫁狗随狗的千年古训如今已经被人唾弃了,你看如今"80后"的小年轻,谁服谁啊,结婚跟过家家似的,关系好的时候一起玩,平时到父母家蹭饭,一年也交不了几次煤气费,闹别扭的时候两人就离婚,简直像是逗着玩,过日子都随着性子来。哪个"80后"在家不跟个宝儿似的被父母供着,结婚以后要拿对方的父母也当家里人,这嘴里的爸妈好叫,心里的感觉还是不一样。"婆媳关系"是中国家庭内部人际关系里的一个传统难题,尽管目前婆媳受教育程度和素质都比以前高,婆媳同住的比例也比以前低,可女人之间的事还真就没人能说得清。

　　单拿睡觉这事说,现代人平时工作忙,有的人喜欢熬夜,可算到了周末,很多人喜欢睡个懒觉,而婆婆或丈母娘可就看不惯了,大白天还拉着窗帘这叫什么事,干什么都得蹑手蹑脚。可"80后"说了,这是在自己家为什么不能自由点儿,太阳出来又不需要去种地,睡个懒觉怎么不行了。老人在孩子家暗气暗憋只能在亲戚面前诉说不是,一件小事忽然就变成了矛盾,跟豆腐发酵了一样,上面长了毛变了质,但将就能吃,有人还好吃臭豆腐这口呢,但天天吃估计谁都得吐。

"80后"成长环境太优越,很少替别人考虑,其实造成现在这局面不赖孩子,还是赖家长,俗话说惯什么有什么。

新结婚的小两口有几个是拿自己钱买的房,花的都是人家父母的积蓄。可怜天下父母心啊,原本是扶上驴再送一程的事,现在老爹老妈送起来没完了,人家心里话,这是我花钱买的房子,怎么就不能天天来了。婆婆整天来送饭、打扫房间、洗衣服,干的都是保姆的活儿,伺候得那叫一个周到,这不都是为了儿子吗?谁叫咱自己孩子长那么大什么都不会干。可婆婆毕竟不是小时工,每次把儿子媳妇扔洗衣机滚筒里的内衣外衣一件一件提溜出来拿搓板搓的时候开始抱怨这俩孩子不会过日子,瞎买衣服,不知道省水等等。他们总是在拿自己对婚姻生活的态度来考量"80后"的孩子。

其实对待孩子就得跟养鸡似的,同样都是母鸡,你看那些吃饲料的,一群一群每天被关在一个小笼子里,连站的地方都没有,倒是有人管吃管喝,晚上还有日光灯照着,它们是没什么文化,要是认字晚上还能看会儿书呢,可这些鸡的蛋最多卖三块多钱一斤。你再看那些散养的鸡,往院子里一撒,上房的上房上树的上树,到点儿在人腿周围一转悠,剩菜剩饭就倒地上了,尽管它们也用爪子刨垃圾,吃点儿特恶心的东西,但人家生存能力强,会逮虫子,就因为这一个优点,鸡蛋成了绿色食品,一斤卖六七块钱还是便宜你。家长其实就是饲养员,小鸡们已经性成熟,可以下蛋也能自己孵小鸡了,你如果不是想做个养鸡场糟蹋自己孩子,还是放手吧,让他们在生活里自然成长,总不能两个人结婚带四个保姆。

老人就是隔代亲。对自己孩子还跟伺候主子似的,别说见了孙子辈儿的了。那孩子一生下来,恨不能就抱走,怎么看"80后"怎么不会自己带孩子,小孩有时候更像宠物,怎么摆弄怎么有。"80后"对自己孩子的养育有自己的想法,比如科学喂养,比如要上双语学校,比如要学各种特长班。而老人们看着那么小的孩子心疼,总是以"你们小时候什么心思都没花不也养这么大"为理由要坚持自己的饲养方法。老人这时候都特明白,说自己孩子娇气,生活能力差,不会干家务活,不会管钱,花钱没计划,还嫌我管得多,不管你们能过得好吗?再说你们平时上班忙哪有时间管孩子啊。人要寿命长点儿,不知道这心要操几代人。

都说孩子火大,不能捂。对于"80后"也是这样,你怕他冷,弄鸭绒鹅绒的东西往上一裹,倒是不哆嗦了,热汗冒得都该虚脱了。儿孙自有儿孙福,这句才是真理。想避免矛盾,就别往一块凑合,都那么开放了,还不学学西方的家庭关系。自己学着去生活,父母没那义务搭钱当保姆,最后还不落好。

神秘的女人

SHEN MI DE NV REN

忽一日，我正对着桌子上一张黏了吧唧的冰棍纸发呆，电话响了，那号码只有报社人知道，所以我很松懈地"歪（二声）——"，听筒里一女的很低沉地说："我在你们楼下等你，你马上下来，咱见一面，我知道你很忙，我也很忙。"我肝儿有点颤。然后怯声声地问："您是谁啊？"对方并不接茬儿："我就在电梯口，你出电梯就能看见我了。"电话挂了。我迟疑着，从裤口袋里掏出一枚一毛钱钢镚，手指一弹，钢镚在桌子上滴溜直转，这钱也中了邪，还转起来没完了，转得我都觉得再不下去不合适了。最后吹了口气，咣当，它终于躺下了。

我抓了正在拼版的大样进电梯，途中，我还对着电梯门的铁皮照了照自己的模样，顺手捋了下头发。那女人倍儿神秘，弄得我还挺忐忑。

电梯门开了，我伸脖子一看，一个留盘头的人坐在椅子里低头看手机,这是标准的等待姿势,所以微笑着以公关的表情特有礼貌地问:"我是王小柔,您是在等我吗?"我们热情地握着手,她像个老首长接见我似的,一只手攥着我的手,另一只手在我手背上拍来拍去,倍儿慈爱,而且她还目光炯炯不错眼珠地看我。我的公关姿态一下就被击溃了,我眼睛没地儿放,离那么近,总不能也热烈地回望吧?所以,我只能转移话题,无限感慨地说:"这天,怎么还那么热啊,这个夏天真不好过。"她的目光扫视着我的整张脸,连我头发都仔细看了看,我接着转移话题:"您在哪儿工作啊?"她说:"给我看看你的右手。"说着,就从座位扶手上把我的手抓起来了,我紧张地半推半就,特别丢人现眼地发现我张开的手心里都是汗,早知道先在裤子上抹一把了。

　　我假装兴奋,哆嗦着问:"您是要算命吗?"她含蓄地微笑了一下,肯定地说:"你准是长寿家庭!"一瞬间,我追溯到了上上辈,心里一盘算,他们中最大的活到八十多岁,这哪能算长寿啊,但我又不能一五一十当着女大仙把我祖宗的寿命抖搂出来证明我们家压根儿没人长寿,太欺宗灭祖。所以我敷衍着:"我的父母倒是健在。"她很兴奋,认为我这句是在肯定她的道行,然后放声笑了笑,拍着我的肩膀说:"柔柔——"我一激灵。"你身体不好!"我随声附和,同时把手抽回来了,"你肠胃不好!"我反驳了一句,但她还是拍了拍我的肩膀:"注意你的肠胃!你们家俩孩子!"我也不知道这"你们家"指的是哪家,她爱说几个说几个吧,我都认了。然后作焦急状说我得回去拼版。她把我拦下,"我最后再说几句,我知道你很忙,其实我也很忙。"我觉得是我占了她的时间。

她语惊四座地问:"你是什么职务?"吓了我一跳,我很自卑地说:"我是群众。"她问:"你是中级职称吗?"妈的,更让我自卑,我说:"我马上要考试。"她首长般用目光鼓励着我,并说:"等你拿完中级职称,我推荐你加入一个组织,以后你孩子上学能加分。"

我觉得谈话到这份上就有点儿胡天儿的成分了。当我再次起身离座,她又一把将我拉住急促地说:"我还有最后几句,很重要。你上过保险了吗?你给孩子大人上过保险吗?我现在是保险顾问,手里有一些不错的险种,等你哪天我给你介绍一下,你得有这方面的意识,你们都是有知识的人。"最后从书包里掏出一张名片,是个保险公司的。她终于站起来了,我则赶紧做忙碌状往电梯间走,她转身挥了下手,娇媚地说:"再见,小柔柔。"

天啊,得找个地儿吐去!

这神秘女人,梦游般消失了。我到底也不明白她为什么要来接见我。

【只是一次散步】

假如不必解释,假如不用设防,假如见面能遗忘,我想请你,停下。隔着长长的一生,心与心,要跋涉多少岁月才能相遇。我拉着手里东奔西撞的风筝,抬头仰视着天空,寻找你,寻找自己的愿望。我从你的窗边经过,灯还亮着,如同漂泊的渔火。你在我的航程里。我在你身边,我的步子放得多么慢,可你没有察觉,于是我站住了,只给你背影,揣摩你此时的表情。

我永远到不了我想去的地方。如果旅程只是一次散步,还想拉起你的手。

［皮影的仪式］

皮影的仪式，曲曲折折的飞翔，如同在墙上攀爬，
我没有翅膀，所以只能站在地上畅想。怀念的手
指不经许可伸进你的往事摸索，也许能翻出一
块丢失的拼图，拿起来，塞进往昔里，那面收藏
信时间会倒退，回到记忆中最美，退到照片里，退回黑白影像，
了简单的想念。坐在水泥台子上，脚底地面很远，
我也曾经坐在冰凉的童年里，快乐。这样的素描是单线的，
而细密的颜色铺了一路。

水滴石穿有着坚韧的温柔。岁月变成符号，在时光的走廊被雕刻成一道浅痕，抚摩似乎更加清晰，皮肤传递着肉眼看不见的感触。

缘分是根绳子，我倒着线头儿找到了很多人，我们用客气腼腆的微笑表示各自的喜悦，这样轻盈的相遇是愉快的，如同跳跃的雨滴溅起一片淡淡的涟漪。

我爱他们，庆幸以这样一种方式遇到。

我还在遥望，不知道下一个路口还会遇到谁？

会是你吗？

煽情

像真的一样

XIANG ZHEN DE YI YANG

朋友前面一加上"异性"的定语,多少就显得关系有些暧昧。当我独自面对那些脸上长着若隐若现的胡须和痤疮的异性的脸的时候,在我眼里他们就是发育得或好或坏的苦瓜,尽管话到推波助澜义薄云天时也会干着杯听见苦瓜们醉眼迷离地说:"要是咱们俩结婚……",一副你中有我我中有你的真情互动,但我们的荷尔蒙还是不紧不慢按部就班地分泌着。异性,只是当时话语间的调节,而性别往往是隐身其后的背景。

异性朋友在常人眼里好像就是情人,千万别跟谁去解释什么"我们只是普通朋友",自己听着都假,越说越说不清的时候只能让别人觉得你心虚可笑,就像我们当初拉着自己的少年男友,跟别人介绍时却说:"这是我表哥。"

前几天一个长开了的苦瓜刚跟老婆吵完架,电话里语气低沉还扬言轻生,吓得我赶紧约了个比较浪漫的酒吧尽朋友情义。他这时候还不忘优雅，要了两杯鸡尾酒，一杯叫"泰然自若"，一杯叫"蓝色气泡"，一杯墨绿一杯湛蓝，上面还漂着一层厚厚的白泡沫，这让我稚嫩的心灵着实无规律地跳动了几下。我从没喝过鸡尾酒，它们像两杯毒药，我凑上去闻了闻，是一股又酸又香的味儿。我对面的人用细长的铝勺一边搅着"泰然自若"一边说："现在的女人怎么这么凶，动不动就打人。"我透过那杯"蓝色气泡"就看到了他伸在桌边的小腿上还挂着的鞋印儿。我说你得学会容忍，他说你不会打人吧。我说女人需要温柔，他说你觉得我不温柔吗？反正绕来绕去话里话外就又剩下了"我"和"你"，我们在互相宽慰间连上个月他老婆把刚发的两斤鸡蛋送回娘家这等不值一提的小事都翻腾出来了，为了证明什么呢？我们都不太清楚。

记得最后跟大车店似的酒吧里人越来越多，我们的鸡尾酒都没怎么动，我吃了杯子边上的大片西瓜，他吐出了他杯子边红樱桃的核，然后看了看表，自言自语地说："我得回去了，她一个人在家我不放心。"

我当异性朋友挺失败的吧，人家都快轻生了最后还想着回家照顾老婆。可我觉得自己挺高兴的，因为大多时候这就是我们身边最普遍的异性朋友。没有更多的虚幻色彩，也没有特别的情有独钟，我们可以坦然地面对各种怀疑，而对于彼此的，其实就是那种放松和随意。我的异性朋友比同性要多，但大多没什么故事可言，大概是因为他们的老婆都比我强，或者我老公在我心里根本无人能及，异性到了谁也看不上谁的份儿上，估计就只能成为普通朋友了。

我没体会过柏拉图，觉得那种蹲在家里瞎琢磨挺没劲的，彼此各怀心事谁见了谁都得装得跟没事人似的，这种假高尚多反本能呀，他们准没看过《失乐园》和《挪威的森林》。异性相吸是自然规律，吸不上去愣要在假想中升华是件痛苦的事。

我们的青春期塑料袋里曾经装满了五彩斑斓的往事，但是我们现在老了，老得已经心如止水，连那些唱着"野百合也是会有春天"的不服老的苦瓜们看见漂亮的异性也只会心动而不会冲动了。

我们依然能坐在一起貌似情人般说说笑笑，我们依然会在家里少了一口人的时候找个浪漫的地方闲聊，一切像真的一样。但是现在异性的质量越来越差，我们也就离雷池越来越远，我庆幸已经把最出色的异性知己变成"自己人"，其他的异性就留着当普通朋友走走吧。

缺心眼儿的快乐

QUE XIN YAN ER DE KUAI LE

外面是黄沙漫天，我手里拿着近百年前的婚礼照片想象其实是我无法想象的浪漫，准备《凝视百年婚礼》的稿子的时候，我才感觉我手里拿着的是曾经那么一大把时光。

时光飞逝，除了影像，我们又能留下什么呢？

你是谁呢？一下子能说出十年以前的记忆真令我吃惊，那个十年在我的生命里是一段阳光灿烂的日子，是一段我无法回头的青春。我的记忆也许不能拾起很多人的名字，好在还有照片，还有让我重温的线索。它们在我心里是不老的曾经。

呵呵，我不知道我的文风什么时候开始变得肆无忌惮，我想这是个好事，至少在文字里我是真诚的。

说到真诚，前几天还和一个朋友谈起，我说我今天依然能够真诚，但我似乎已经不知道怎样才能够做到真挚了，对于朋友，我非常喜欢"真挚"这个词。我经常问自己,你还会感动吗？你还会爱吗？

我想我会。

  我的大部分时间是安静的，安静地在古老的本子上写下我对一些未知生活的想象，我试图让它们干净而生动，我试图让这些文字激活我对生活的热爱。在写作的过程中我想到了一些人。

  很久没有回南大了，再回去的时候所有的河都在清淤，天南街已经过不去了，西南村的小饭馆也已经拆了，很多居民楼盖得出奇得快，校外的人也可以买学校里的房子，校园里多了很多道门……

  而我依然对它很熟悉，在西南村的那些商店里偶尔还能碰到往日的同学和他们的父母，我也依然叫着他们叔叔或者阿姨。十年，对于我不是一个量词，而是动词。

  在那十年中有我非常好的朋友，直到现在我写她的名字依旧比写我自己的更加流畅，或者这个动词总有结束的时候，我们同在一个城市，却已经不再熟悉不再联系，甚至突然见面的时候都多了一些尴尬。我一直在想这是怎么回事。

  还记得我们的《读你》文学社吗？

  还记得我们的郊游吗？

  还记得我们卖衣服吗？

  还记得我们在南大主楼的阶梯教室里唱《光阴的故事》吗？

  还——记得我吗？

  我想，你或者你们不会忘记，就像今天我无法忘记你们一样。谢谢你在王小柔背后又叫出了一个名字。还有你说的十年，有时间我们一起回南大吧。

又过了几天，居然收到了一张贺年卡。寄贺卡的是我久没联系的一个同学，上学时她就总是把我当下人般呼来唤去，好在一般在需要她帮忙的时候她又成了我的"血拼战友"，我们的互补性就一直维持到毕业。谁知道她做了什么噩梦，醒来的第一件事就把我给想起来了。

她抱着个一岁半的孩子，一边上网一边念叨："这个家伙居然给自己起这么个恶心名字。"我们在网上相遇的时候她叫"外星人"，估计是打算给哪家内衣当代言人。我正和几个朋友聊着日剧，对话框突然跳出一行："一过十二点你就讲鬼故事，还披着白床单满楼道转悠，你就缺德吧你！"我吓了一跳，后来我的对话框又动了："你居然深更半夜跑男生宿舍楼下去单相思，真给302丢尽了脸！"……

这到底是哪一年啊？我看着对话框里曾经被我写在日记里寒碜人的往事一件一件又被人抖搂出来，脸都红了。好在我很快猜到了"外星人"是谁，因为只有她，我的上铺，才对我的过去知根知底。她对我的网名愤愤不平，说我起这么个名字就是缺心眼儿的表现。真是一物降一物啊，尽管过了这么多年，她还是像对待下人般对我呼来唤去。

被人提起的往事已经属于上个世纪了，在这近十年的时间里我们都在自己的方向里起了变化。"外星人"已经是一个会计事务所的负责人，如果我不从最初的行业里退出来，估计现在正戴着套袖一边扒拉算盘一边看电脑，做我最反感的年终结算会计报告；或者我应该正跟着某群领导拎着水果、电热毯什么的到处送温暖……

而十年后,我坐在家里的电脑旁,把腿可以随意地蹬在椅子上,如果腿够长还可以跷到桌子上。我不用去想怎么才能让利润变成负数,怎么才能瞒天过海地让"来源类"科目和"占用类"科目左右逢源,我在过着十年前从没想象过的生活。

"外星人"还在问我一些专业问题,我支支吾吾,她又说我缺心眼儿,因为她一直希望我能和她同仇敌忾去查人家假账,可我除了拼音输入法越打越快好像已经没什么特长了。

我不知道昨天和更远的昨天是怎么过的,我就在自己缺心眼儿的快乐里快乐着,我还希望我能这么快乐下去。

那一场风花雪月的事
NA YI CHANG FENG HUA XUE YUE DE SHI

12月23日,这个日子在阳春嘴里被说了很多遍,她提醒我那天要去北京西单图书大厦签售。去还是不去呢?我问白花花,她说去啊,大不了我们每人再买本书,你要不去我就瞧不起你。我又问了一个朋友,他说,看你心理能承受多大压力,没准就冷场,但如果你把去那当玩就无所谓了。我心里还是打鼓。我又问"肉丝"群,他们说,去吧,我们陪着你。

然后,我就踏实地等着那一天的到来,甚至,有些盼望。因为我知道,那天能见到很多北京的朋友。

这一天,风和日丽,艳阳高照。

我先开车去接老徐,电话打了数个没人接,我心情一直澎湃,只好发短信,她可算回电话了,声音颇具磁性,说刚被她爸的半导体声音吵醒,我紧着说:"别捯饬了,赶紧的!"她抓着早点下楼,吩咐我去宝鸡道取花,老徐怕北京人民不领风情没人给我送花,我一女的干坐着签售没面子,所以她早早就订好了倍儿隆重的黄玫瑰。

一路上倒还顺利,随着开出高速我显露出小地方人的气质,一点儿不大气,倍儿栽。握着方向盘的手直出汗,我对北京的车流和道路充满恐惧,满脑子都是二百块钱罚三分儿。那几个人还紧着吓唬我,说奔三环的出口给开过了,只能去八达岭高速了,我把车停在隔离带上汗噌就出来了,这招儿都能退高烧。后来我说我一直看着43号出口呢,应该还在前面吧,那几个人倍儿无赖说:"那你就随便开吧,反正也不能倒车了。"我都快趴方向盘上哭了,但我还是止住了悲伤,妈的,大不了就去八达岭了!往前刚开二百米就看见了43号出口,可算松口气。

一行人没一个认路,因为我车里一位大姐家在北京所以猴子让我开前面。这大姐记性是不错,但她只认死理儿,必须以她家为起点她才知道怎么去西单。时间紧迫,根本没法跑路边问道,干脆就跟她回了她家那条路。这大姐坐在后面一直算计,"西单那停车一小时五块钱,太贵了。前面有个超市,买一百元东西可以免费停车一小时。哦,不过咱没时间买东西。要不把车放我们小区,不用花存车费,咱再坐公交去西单,一人一块钱就够了。也不知道去西单有没有什么免费购物车。我想起来了,前面积水潭还有个超市,有免费停车楼,不用购物,咱把车放那儿,打车去西单。"我们一听免费,眼睛立刻亮了。别说,停车的地方还真高级,开着车进电梯,忽悠一下就跑六楼去了。

猴子怀里抱着花,我们一行九人站在马路上拦车,跟劫道儿似的,那些司机一看我们打着轮就躲，还摆手。眼看时间快到了，我伸着脖子都快走马路中间去了，被老徐一把拉回来。后来才知道那儿不让停车。

两辆车，被司机拉着走两条道儿，然后拼命打电话，生怕在首都再把人丢了。猴子抱着黄玫瑰站在商场门口，他一点儿不低调，还主动跟行人搭搁，弄得人家都看他，有俩女的本来都走过去了，又转回来，指着他怀里的花说："这花就像我们老家的油菜花。"什么眼神儿啊，油菜也没这玫瑰个儿大啊。猴子还倍儿美，站旗杆底下扭屁股，特不着调。

首都真是人气旺啊，任何吃饭地方都没座位，我们只得去肯德基排大队买了汉堡包去图书大厦里找地方吃饭。图书大厦没有休息室，我们自己找到一间空着的仓库似的屋子，肚子里有点儿食脑子才开始转悠，一盘算，不对啊，这停车就算一小时五块，但按我们打车的花销计算，等再找到我们的车至少得花一百块钱的打车费，我们在仓库里哈哈大笑，然后把这丢人的事到处传诵。

女的上厕所都讲究集体意识，我，白花花，老徐到了厕所，那俩不上，看着。我从小门里出来，老徐很经纪人地在那喊："你得化妆，跟老坦儿似的怎么见粉丝啊。"然后从自己随身携带的小包里掏出粉饼，一边抹一边安慰我："我这可是高级粉饼。一会儿我再给你抹点儿口红。"她跟变魔术似的从包里掏没完，鲜红的口红，粉色发光的口红，润唇的唇膏，三层都便宜我嘴上了，我倍儿美，人家那么高级的东西，我都没舍得用肯德基给的纸沾沾，撅着嘴就出去了。

但说话的时候就觉得特别不适应,因为我很少涂口红,所以总是觉得别扭下意识地拿舌头舔,显得特别饥渴。

签售前就遇到了QQ群里的几个小朋友,他们一路追进仓库,没有陌生感,跟几个刚放学的同学似的,站那就开始白话,我甚至用眼睛瞄着他们手里的塑料袋:"是给我的礼物吗?打开让我看看。"他们则要把我变成大波浪,让我把头发散开。水舞像个十几岁的初中生,很恬静,看见她仿佛看见自己上学时的模样。溜达,猫,亲子特别好玩,现在写这些字的时候都能想到他们满脸坏笑的样子。他们像我无比熟悉的弟弟妹妹,真好。

后来鱼来了,我们之前的一次见面还是在301医院,当时她眼睛换晶体,坐在病床上,手术并不成功。我给她的手机里输了一些话费,我希望光明暂时消失的时候还有声音来抚慰心灵。这次见,她已经能从很远的地方把我认出来,并且举着一个大红盒子说,这是给土土的礼物。我说:"你一会儿不走吧?"她说:"你放心,我会陪你到最后。"她的礼物我是在一天之后拆的,那个早晨为了让土土起床,把这大盒子举到他面前,他欣喜地掏着里面的东西感激着"阿姨真爱我"。我则从盒子上面拆下别着的一个贺卡,因为不如给土土的那么卡通,所以知道是写给我的。里面的字不多。但当文字遇到眼睛的时候,我一下就哭了,嘴还是笑的,为了这淡淡的友谊和深厚的记得而感动。

《信报》的哥们儿过来主持,穿越网络,我们第一次见,他手里拿着议程,很认真,我都不好意思跟他开玩笑了,只是一次又一次握着他温热的手说:"谢谢哥们儿!"后来的时间都是他在采访,话筒音质不好,我根本没听见他们在说什么,他们活跃在我的余光里。

李未在人群里把我的书的封面和自己的胖脸摆在一起,特别卡通地笑,乐得我直捶桌子。他抱着一对儿特别弱智的娃娃,硬要我在书上签一堆特别麻烦的字,我半推半就地写着,然后看着他到处显摆。他幽默的潜质太适合穿上马褂说相声了,倍儿贫,自己还能不乐。

梦游穿着一件红色带帽子的绒衣,九月没跟他一起来。这个男孩说这是他最后一次装嫩。他是我很仰慕的一个孩子,我忘了是否跟他说过我的仰慕。他经常给我看他写本子做的节目,太扯了!我经常一边骂他一边对着屏幕笑,忽然发现幽默真的是天分,与后天无关。他也喜欢给别人讲鬼故事吓唬人,我们一拍即合,说得找个机会一起切磋,很期待一场在常人眼中极其无聊的高手对决。

栗子能说一口卖羊肉串的车轱辘话,CRI出这样的人才。之前我们约好要比拼见面礼的怪异,随后便收到她的短信跟我叫板,说自己的已经准备好。我其实没有奇怪的东西,我能给的,只有我的真挚,嘿嘿,那是开启心灵的钥匙,然后,我轻易地开了一扇门。她的礼物我跟存折锁一块了,我怕一用再把木乃伊招来,那上面有太多法老的文字,哈哈。

看见了王大硕,这个拿花床单披身上当堂吉诃德的女孩,我每天打开央视少儿频道就想起她,我跟土土说,妈妈有个朋友就在这个地方,土土问:"阿姨在电视里?她怎么进去的,电视没有门?"

我说那阿姨住在电视里。土土问："是小鹿姐姐吗？"我说："红果果绿泡泡月亮姐姐小鹿姐姐小咕咚都是她的同事。"王大硕快成土土的偶像了。

小凤带着她的朋友来了，一个微笑就能轻易把她们从人群里辨认出来，几个女孩胖瘦有秩，好玩。她把送白花花的打火机放我这，弄得我签售没完，白花花就急着让我把她的礼物还她别什么都自己眯着。我还是喜欢小凤给我的阿桑的CD，适合冬天听，手里端着杯热水暖手，那旋律就和水汽一样缓慢沁入皮肤。

王小点带着自己的男人一路狂奔而来，把那男的藏起来之后才来见我们，我、小齐、王小点三个人跟女流氓似的摽在一起照了两张相，后来才想起我们三个都是校友，南大附中培养出的学生真不是一般人。

由王小点介绍认识的刘傧在西单转悠了一个小时才找到能存车的地方，他抱着一大捧郁金香而来，满脸愁苦地感叹堵车。其实我每天开车都能听见他对全国人民唱歌，他的歌在中央音乐广播里打榜已经有一段时间了，我都听腻了，但每次听他在音乐间断时说那些朴实无华的话的时候，心里还是有些东西被触动，我们每个人都渴望被温情包裹着，渴望军大衣一样的依傍，厚重踏实不绚丽却安逸。

大港的几个朋友开着车过来，他们路上发信息说车坏在高速上，油门踩到底才四十迈，凌晨四点从家里出来十一点多才到北京，回去的时候高速出事故把他们堵在半道，三点出发，凌晨一点半才开回家。她说饿得大家把车里的三个橘子分了，附近村子里的人听说堵车，都跑高速上卖吃的来了，一块蛋糕卖十块钱，等他们得到消息只剩了半块蛋糕，还卖十块钱。面对打劫的，他们又坐回车里，几个人把橘子皮分着吃了。然后把车里的顶灯打开，几个脑袋凑在一起看我的书，一边看一边笑。有人敲车门，问都堵成这样了，你们干吗呢还能那么笑，我的朋友说，咱分他们本书看吧。

我见到了雨潭，白花花说她显得忧郁了，大概不胡闹她就有点儿不适应。我见到了苏小懒和她的同事，见到了给我写书评的那个女博士，见到了高老师，见到了出版社的很多朋友，见到了很多熟悉的网名背后的真身。

北京签售，更像一次朋友间的聚会。

白花花发现 WL 脚步特别轻盈，她觉得步伐轻盈者一定有双好鞋，她傻子赛（似）的追着 WL 低头看人家脚，她自己在那奇怪，还自言自语："唉，怎么鞋上还有小洞？"为了看看到底是什么高级鞋，她居然蹲地上看，就差把人家裤腿拎起来了。看罢，惊讶地喊我，她的目光穿过人群："小柔，你快来看呀，WL 穿的是皮凉鞋！"我特麻利地蹿到 WL 脚边，仔细一看，真的，不但脚趾那露着连脚面都露着，大三九天，WL 居然穿着一双白色皮凉鞋！我们俩围在人家脚边互相揣摩，像趁机想找机会抠人家沾脚底下的人民币似的，还是 WL 有涵养处乱不惊接着跟旁边人聊天。

关于老徐的段子此处省略，只能由我口授，哈哈，怕她骂我。

回天津颇不顺，我本来在北京开车就没根儿加上晚上那些车灯直晃眼，我眼瞅着高速入口的箭头而无法及时并道，然后越开越远，好不容易才绕回来，把白花花急得也不敢说我，但我明显感觉出她的不满。猴子早把我们甩了，都在高速上跑开了。到收费站时，工作人员说："采育分流"，白花花问："什么意思？"人家说，有事故了。我们迷迷糊糊上了路，到采育的时候还真看见一排货车堵着，只能从廊坊下。打电话问猴子怎么走，他口授，我们战战兢兢地开上没路灯的国道。终于跟在路边打着双闪的亲人会合，但猴子说他也不认路，让我们在路边听着等他去打听道。

七点多的时候，我们从廊坊穿过，路上一个行人都没有，邻街的窗户甚至灯都关了，白花花大惊："哎呀，真是农村，这么早就都睡觉了，能睡得着吗？"

我们到报社的时候已经十点多了，写完稿快十二点了，回家时车位没了，只能把车停在小区的门口，开车开得我人都快散了。不过，还是挺美的。

溜达他们已经在第一时间把北京活动的照片挂在网上了，水舞还把视频做了个小电影，让我看了一遍又一遍在自恋中回味幸福。

幸福不怀好意
XING FU BU HUAI HAO YI

··

这是我参加的一个具有真正意义的网友聚会，其实在网络里游荡了这么久，大家见面的时间多为 QQ 或者某个行色暧昧的聊天室，晃一晃头，甩两句特损的话，就算是在虚拟时空里过了招。因为正赶上北京图书订货会，所以很多外地媒体和出版社的网友全都大老远地跑过来，而我们的聚会就为了彼此瞄上一眼，风风火火地把地点定在了丰台，大概觉得那地方背静。

其实自从我的脚一踏上 944 支那辆农民车心里就开始嘀咕，将近一百人从全国围拢过来就为了参加个网友聚会，据说浩浩荡荡的队伍在阜成门地铁口还有大客车接，并且上车报到的人都要对上暗号，男的要说："妹妹，让哥哥抱抱。"女的要说："要发票吗？"对上的才有权利得到本次聚会的采访证，一切都跟真的似的。特实在的网友对此很惶惑，打电话问我是不是非得说这句话啊？作为组织者之一的我对此也很含糊，所以我根本就没去地铁口受那份罪，自己坐车去丰台。

事实证明我比大部队到得早，北京图书订货会的二渠道销售场面杂乱，被不止五个人塞了一书包的宣传材料并问我用支票还是用现金。我想问他们："要发票吗？"可没敢。像捉迷藏一样，我们要从人堆儿里识别自己人。

我打了个电话就找到了跟我一样失散在人群里的斑竹，我们特亲切地呼唤着彼此的网名(全是些香艳名字)，就像喊一个亲人，然后自作主张地直奔饭局所在地。刚坐住没多久，性感狂人就探进头神色慌张地说："我发现行踪特诡异一男子，估计是先到的，你快来啊……"二目刚一对视，他就大声说："妹妹"，"我是姐！自己人，进来吧。"我们尴尬地笑笑，心里暗骂那个出馊主意的人。

还没坐稳，图图MM就说："拿瓶二锅头！"大家睁眼看着她翘起的一根眉毛，在座男士没人吭声，服务员还没走近，图图MM又喊上了："有大瓶儿的吗？"真是女中豪杰。因为图图MM即将离京赴德，所以此次饭局感情激荡，在俺还没回过味儿来劝阻她的时候，已经将自己搞倒。鉴于这是2003年的难得的一次饭局，所以许多人没管住自己，纷纷喝高。

聊到醉酒之后的症状，哗啦啦非常磊落："我每次喝酒之后都不闹事，特安分。""嗯。"小二和性感狂人欣慰地频频点头："就是爱开车！"饭局进行到后半截，俺去了趟洗手间，往回走的时候，心里一激灵："难道是着火了吗？"只见包间里浓烟滚滚往外冒。走近再看，原来是烟鬼们闹的。一些纯洁的人儿为逃避被动吸烟的厄运，不得不在走廊里开了分局。

没过多久大部队就来了,呼啦一下子一百人的局面很是壮观,每桌分派一名得力干将,到前台背对我们一字排开,等他们再转回头个个嘴里都叼着个劣质奶嘴,碗里的酒要用最原始状态把它吸干,那些作家写手媒体高官头上冒汗嘴里使劲儿,真是把吃奶的劲儿都用上了。

饭局后的酒局进行得很是混乱,怨怅、兴奋各种情绪在风中飘。

后来我跟几个朋友去暗夜家玩,他们吃水果,我举步于暗夜的梳妆台(其实就一破桌子),在颈部试用她的 H_2O 面膜,手背试用欧珀莱乳液,脖子喷着混合 LANCOME 和三宅一生的香水(狂喷!!)。后来再次往返到暗夜跟前时,觉得自己身上香水味道太浓,实在遮掩不住,只好龇牙冲暗夜傻乐:"嘿嘿,我喷你的香水儿了……"

一个人从四环往家走的时候,发现窗外的景色与以往没有什么不同,而一年却又成为了过去,幸福总是不怀好意。

他们的过去时

TA MEN DE GUO QU SHI

他们是我的朋友。一路走来,大家工作、结婚、生子,过去相好过的人也逐渐失散在彼此熟悉的城市里,偶尔一个电话,不再是义薄云天的嬉谈笑骂,而是彼此小心地强调"哪天出来见见面吧",可是我们依然懒惰地重复习惯的日子,依然失散。

以前交的朋友都很铁,而且往往是"不谈钱,谈钱伤感情"的主儿,三两杯下肚后就开始掏心:"我说哥们儿,我这人是爽快人,以后有嘛事跟兄弟我说一声……"

我们习惯无论男女都以哥们儿相称,我知道在很多时候这些话也许是豪气一时,应个把景,过后也未必如此,但是每当听到这样的话,心里怎么会不感动?于是大家一起醉,舍命陪君子的故事常常发生在那样的夜晚。

从小学到大学,我换过很多学校,初中的朋友大多数是同班同学,而且同性较异性多,其特点是朴实无猜,有小人书一块看,有瓜子一起嗑；高中的朋友除了同班的还有外班的，其次还有外校的，很多一部分是朋友的朋友，那时学校里不提倡讲哥儿们义气，说那是流氓习气。

受了这种暗示，我们大多数人就不太愿说"义气"什么的话，我们说那个新词，叫"缘分"，特别是新年前后，铺天盖地的贺卡上到处都是"缘分"的倩影，尤其是异性间的，多年以后才发觉，那简直就是文物啊！

大学的同学讲究"四海之内皆兄弟"，地不分南北，人不分少长，都是"哥们儿"，那是一个红颜知己和"狐朋狗党"流行的校园。从那个时候，我们才初步领略到肝胆相照的初级境界，那个时候，友情和义气以及爱情混合在一起，以我们的情商，还达不到把它们分得很清的地步，那种混沌的状态和明朗的人物关系之间的对比，比如今任何一部《冬日恋情》都更加令人回味和神往。

"四十岁时你们再坐在一起是你们的幸运。"这句话是我的一位班主任说的。

的确，这种情深意浓的故事大部分都湮没在无休无止的为利往为名来的风雨烟尘中了，许多年以后竟发现身边没有几个"铁"哥们儿或"硬"红颜是从那个年代一直走过来的，而新交的朋友们就好像是新填的"二房"和中途改嫁的"婆姨"，多了几许实惠而少了某种内在的东西，即便是一道走过来的老相好们，都再也不会把激情一直燃烧到今天，他们中的大多数人喜欢把人与人之间的关系划分成一层又一层的等级，再也没有了昨日的全部身心的投入。同学会的酒席一次比一次丰盛,鸡尾酒再怎么冷艳,都不如同宿舍学友三更半夜的生日 party 上一支燃烧着的蜡烛酷了。

  他们的过去时是我们彼此对往昔的怀念,走过了,只剩下偶尔的回首。

人骨拼图

REN GU PIN TU

如果一个朋友突然之间一两年没了音讯,这个人不是进了大牢就是生孩子去了,然后在某一年的某一个时刻,电话打来,无论男女都莺声燕语地问:"你怎么样了?"好像突然人间蒸发的是我。在你惊喜地回答他问题的时候,就能听见电话那面传来的婴儿的咿呀学语,或者干脆地大哭起来,电话匆忙挂断,原因是"孩子饿了,也许是不高兴"。

图图在家一心闷头生孩子那会儿我们就没再见过,主要是她把自己的生活安排得太满,每天上午下午各要去公园散步两小时,还要给胎儿开英语课、诗词课、故事课、常识课和体育课,并要做一个小时的孕妇体操,再加上睡觉吃饭哪有工夫跟我闲聊。真正见到她的时候已经是两年半以后,那个刚七个月胖嘟嘟的男孩居然都会说话了。

图图听说我要去看她,一直说生了孩子就像进行了一次失败的人骨拼图，手笨得大概一辈子都还原不过来。说得挺邪乎的。

　　一个阳光明媚的日子，我内心充满了对艺术品的敬意敲开了图图家的大门，她妈妈很热情地把我拉到屋里。我看见一个矮胖子匆忙抱着孩子躲进卧室。"阿姨，您家雇了保姆能省不少心吧。"我喝了一口可乐，心想怎么图图还不在家呢？此时，里屋门帘一挑："你丫说谁呢？我告诉你我已经变形了，给孩子换块尿布你就等不及，胖子就一定是保姆？"我瞪着两只小近视眼看着眼前实在失败的人骨拼图。曾经那么动人的一张脸，曾经那么让人不忍盈握的小手胖得已经没了形状，她像个奶妈似的边说话边晃动身体，一件宽大的裙子如同布口袋一样装着图图。她挺高兴，时时往上举举总想看高处的孩子。

　　大概是太久没联络，当了母亲的图图连性格都跟着变了，原本以沉默做主打表情，经常莞尔浅笑的她现在声音高了八度，笑起来也像个梁山好汉似的，让你能看见最后一颗虫牙。她换了衣服让我陪她买菜，三十分钟内我几乎要再次晕倒。以前图图以素雅简洁的风格颇得异性欢迎，再看今天，全身上下花枝招展，上衣胸口上不仅缀着几个夸张的翠绿珠子，还缠着一根红色飘带，绿格裤子不知道哪个部位一走路就发出哗啦哗啦的狗铃铛声。"妹妹，咱当了母亲能不能低调点儿啊？"图图看了我一眼，又大笑起来："你懂什么，小孩都喜欢鲜艳的东西，身上弄点儿小零碎儿抱孩子的时候他还可以自己玩，不会闷啊。"疯狂的母亲，大概要能把积木都挂在身上我看她也能做得出来。

前卫和母性混合起来的滋味很独特。因为要上班，图图的这身古怪衣服可就不能穿了，但普通的工作服怎么可能徒然装下那暴长出来的三十几斤肥肉？第一天上班，图图对所有人的问寒问暖都报以微笑，她一直提着丹田气不敢说话，因为衣服太瘦了。可局长跟你打招呼你不能不吭声吧，图图刚说句："孩子挺好的。"领口上的小子母扣就像暗器一般被崩飞出去，寒光一闪，好在局长不在射程之内，图图吓了一身汗。

　　为了催奶，所有的偏方她都使绝了，今天喝牛鼻子汤，明天喝鱼鳞汤，后天又端来了白鸽子汤，什么排骨汤、小米粥等等更不在话下。为了孩子，图图把心一横，给什么都往嗓子眼儿里灌。奶倒是足了，孩子喝不了，于是图图像个奶牛整天靠吸奶器给乳房减压。上班的时候经常胸前一片奶渍，下班的时候则要狂奔回"巢"当奶妈。图图说起这些的时候脸上闪着一层母性的光辉，那是一种骄傲。

　　图图白天在家的时候会目不转睛地盯着孩子，只要他稍有困意，图图就让大家做好睡觉准备，几乎是孩子刚躺下这一家人也赶快抓紧时间进入休息状态。因为图图的儿子每天夜里三点左右一定要有人陪着玩，他会想尽办法让你把他抱起来，然后用小手指着厨房说："灯！"你就必须马上去。那孩子大概喜欢厨房特别的味道，所以对别处根本不感兴趣，他会把灯的开关按上几十次，在忽明忽暗里咯咯大笑。别以为这样就可以结束，这时候他会探着脑袋弓起身子指着阳台说："走！"图图的老公就要应声下楼，在无人的大街上哈欠连天抱着自己兴奋不已的儿子走到天光微明。

完成一次人骨拼图,也许这是大部分成年人必然的经历,也只有在崭新的生命里我们才能体会自己父母养育我们时的辛苦。生活一直都在继续,就算再失败的人骨拼图也充满了人性的魅力。

卡拉是个甜心
KA LA SHI GE TIAN XIN

　　卡拉刚生出来的时候只有五斤二两,是个女孩儿,一个标准的甜心。当我们无比兴奋地在为我们班第十六位女生终于生出个女宝宝而兴奋不已的时候,满大街却开始贴着葛优胡子拉碴的海报,非说"卡拉是条狗"。在我的建议下,我们把念叨了多半年的"卡拉"换成了"阿拉丁"。

　　其实说起我们的小卡拉也算是一个坚强的孩子,我经常仰望着她妈妈送给我的大照片感慨万千。也不知道是基因问题还是我们吃进去的东西太雷同了,身边的同学、朋友纷纷幸福地孕育生命,但最终就跟说好了似的,生的都是男孩。

　　我们偶尔的聚会也像开妇救会,大家开导那些刚怀孕的准妈妈们生个女孩吧。其实小生命的性别早在精子卵子相遇的那一刻就注定了,但我们太渴望奇迹了。卡拉的妈妈从查出怀孕的第三个星期就成了大家的帮教对象,她一直微笑着点头,可私底下跟我愤愤地说:

"凭什么她们自己生儿子,非让我生闺女不可?"我没敢搭腔,明明她领会错了大家的好意,因为我们都觉得生男孩好听,生女孩才是福气。

卡拉的名字是我给起的,当初也没想到会跟一只狗产生冲突。她妈妈怀上她只是偶尔吐了几回,其余都挺正常,能吃能睡。作为他们夫妻俩的好朋友,我每次都要问寒问暖,听卡拉她爸爸幸福地说老婆害口,我赶快买了两斤上好的红果还有果丹皮、话梅肉,反正是酸的几乎都给她买齐了。

到了她家,卡拉她妈正对着镜子端详自己的肚子:"你说肚子尖是男孩还是女孩?你仔细看看,我的肚子属于尖的还是圆的?"这问题真是尖刻,除了她那么大方地撩起衣服给我看,我也不知道生男孩的肚子是什么形状的啊。我说月份不大根本看不出来,再说古训不是讲酸儿辣女吗,你喜欢吃酸的还不明显?你猜卡拉她妈说什么,她说:"我压根儿就没害口的感觉,这些日子吃酸的牙都快倒了,我是想多吃点儿酸的给孩子一个心理暗示,希望我们家卡拉是个儿子。"

从那天开始,我就为一个没出生的孩子开始担心,因为她妈几乎从来没想过自己会生个女孩。可是不幸的事终于发生了,在怀孕五个多月的时候我们同学上亲戚的医院做了B超,显示卡拉是个甜心。卡拉她爸爸特别高兴,而我们同学却满脸愁容。

有一天我买了一些水果经过她家门口,看见我们同学正把她二六的自行车往肩膀上扛,我赶紧大呼而至。她挺着肚子示意我往后靠。怀孕将近七个月了,她还挺利索,天天骑车上下班,而且每天自己把自行车从一楼扛到五楼,偶尔还趁没人的时候在楼梯上做两下兔子跳;别人告诉她睡觉最好朝左侧躺,要不孩子缺氧,她知道了却天天朝右睡。我们同学问我,这样能不能让孩子自然流产。

因为她这句话,我差点儿跟她掰了。将情况反映给了她老公,那个戴眼镜的文化人说要给女人的愚蠢举动拿笼,我们同学问:"什么是拿笼?"她老公说:"就是要抽你丫的!"好在肚子里的卡拉听不懂这些,所以无论她妈妈怎么折腾,人家还是坚持到了预产期。

我到医院的时候卡拉她妈已经进了产房,大夫建议顺产让我们同学自己使劲儿。屋子里不知道有几个人,都在大呼小叫,属我们同学声音大。

后来很长时间也没生出来,我进去看了看,问她:"你真那么疼吗?"卡拉她妈抹了把汗说:"人家都喊,我干吗不喊?"后来她老公进去说卡拉她妈太累都睡着了。

当疼痛真正来的时候,卡拉折腾得很厉害,大概还把脐带绕在自己脖子上两圈儿半,于是只好手术。我发现我们同学的老公签字的时候手直哆嗦。被汗水浸湿冒着雾气的眼镜片、一根接一根叼在嘴上的烟透露着一个男人的脆弱。他也不说话了,一圈一圈在手术室外面走,时不时地骂那些同样处于等待中却打着手机谈笑风生的准爸爸们两句"真没人性"。

孩子终于生出来了,二十分钟。卡拉白白的,小单眼皮像她爸爸,可爱得简直没法形容,我看见卡拉她爸爸接过自己的孩子满眼含泪。

后来我们同学也从手术室出来了，直到现在她没有再说一句女孩不好，作为我们班第十六位终于生出个女宝宝的女生，她无比骄傲地告诉别的同学，生女孩是福气。

卡拉是个甜心，尽管今天她的名字变成了小阿拉丁，可还是我们所有人的甜心。

有朋友真好
YOU PENG YOU ZHEN HAO

晚上开车回家的时候，电话响，一个生病的同事正在医院等结果，天都黑了。我握着方向盘大声跟她说："好好照顾自己啊。"这话，好像别人说给我听的。很久没开车了，我像新手一样，绿灯亮起的时候，居然想着该怎么起步。

一路堵车。停着的时候我就侧着脸看那些亮着灯的橱窗，真漂亮，那些垂下来的珠链泛着时尚的光，一条条质地粗糙却暖和的毛料短裙穿在滑溜的塑料大腿上。我就想，都市真好。我甚至开始向往更繁华的都市，甚至拿了本香港旅游手册看。那些灯光会不会驱散孤独，还是会让人陷入更深的孤独呢？冬天来了，车里的暖风让脸发烫，可还是觉得冷，树上还有残存的绿色，可还是觉得荒凉。

三顺一直在说"798"，因为我在那纠缠她，让她给我照相来着，一个像素极低的老诺基亚手机，内存很小，然后照一会儿我们就得闷头删几张，我赖着不走，然后恳求她"再照几张吧"，她晃荡着手机说:"没内存啦,都死好几次机了,还照?"可我就在那等,等她删了,把手机的背面对向我。我喜欢"798",喜欢那么安静的地方,也不知道那些艺术家怎么挣钱,晚上玩捉迷藏真是个不错的地方。笑容是多可贵的东西,于是我翻出所有"798"模糊的照片,然后,自己看着自己笑。

转天中午收到一个出版社的快递,用剪子把牛皮纸剪开,最上面一本小小的书掉到脚面上,我踢了一脚,它出溜到门框那了。简单看了看余下的书,没什么感觉。吃饭的时候,顺手把那本小小的书捡起来,在自己大腿上拍了拍,下意识的动作,其实根本没土。是个绘本书,封面上写着《我喜欢你》,我忽然想起这书已经有很多版本了,马上就从我的书架上找到了多年前出版的美国版、日本版,今天这本是中国版。上班的时候一直把它放在副驾驶座上,遇到红灯的时候就翻一下,文字和绘画都显得稚嫩而缺少创意,但是,在那么一个初冬的午后,在停停走走间,你很快就能想起自己朦胧的初恋。合上书,那几个字就在我的余光里闪烁。

"我喜欢你"多么温情的一句表达。

忽然想起数月前一个朋友特意逛书店的时候买下一本书快递给我,《查令十字街84号》。那书出版社给我好几本,我没在意,可读性一般。但当我撕下快递的信封,看见那张夹在书里的纸条,忽然觉得那书是那么唯一地证明着一个人和另一个人的友谊。《查令十字街84号》的故事那么委婉地传递着朋友之间若有若无的牵绊,长长的一生,不见面,但一直都在心里记着,等待是那么淡淡的,像茶花的香味。这多好。这多好啊。

我喜欢书,喜欢特别安静的小书店,喜欢跟书相关的所有东西。《我喜欢你》腰封上有一行字:"花会凋谢,巧克力会融化,一本书和它诉说的情感却长存于生命的每个瞬间。"一本书在替你传递你想表达的东西。有书,真好。

刚刚又把《查令十字街84号》从书架上取出,翻开,看见她的几行字在上面停着,我笑了,合上书,她总喜欢说:"美好的都在心里。"我记住了。

很喜欢我们QQ群里的人,每天我都在里面打卡,或多或少地跟他们闲聊,他们也给我朋友的感觉,尽管没见过面,尽管我只知道他们的网名,觉得他们真好。"亲子"特好玩,说不出的好玩,一抽风就发歌词,笑死我了。扒肉条的儿子太帅了,还是小队委,阿嫒总说请大伙吃饭,但总放我们鸽子,蓝欣那两口子整天一起挂网上,最绝的是他的娇妻整天抱着四个月的孩子一起上网,真服了他们了。这几天没看见加菲猫,也不知道拉肚子好没好,溜达也不知道跑哪儿去了。

我今天晚上终于看见圈肉的照片了,特别可爱的小女孩,像只小猫,惹人怜爱。我用了很多"可爱"在QQ里赞美她,她说有点儿发毛,呵呵,可现在想来想去,还只有"可爱"两个字最贴切。

有朋友,真好。

爱太浓

AI TAI NONG

································

这几天一直有点儿恍惚,小凤点着我脑门儿上的包说是被幸福拿的,劲儿太大有些撞头、上脸儿,跟喝多了赛(似)的。还真是,我一时半会儿缓不过来了。

签售那天白花花大中午十二点就给我打电话说她已经到图书大厦了,惊得我差点儿被马桶绊一跤,我说不是两点签售吗?她扬言要在门口守会儿数人头儿,让我麻利点儿去。我赶紧吃了两口饭,本想再捯饬捯饬,但对着镜子看了大半天也不知道该收拾哪儿。

一路上白花花的电话就没断,告诉我在图书大厦对面的饭馆里等,也不知道她急得是嘛,好不容易把车停好,进去一瞅,人家正守着一盆水煮鱼用筷子在油里择肉呢。吧嗒一口菜吱喽一口酒,吃得还挺美。我拘谨地坐她旁边,她眼睛一斜:"看你紧张的,你绝对紧张!"在饭馆里耗了将近二十分钟,电话一个一个地响了,有人问我为什么没到,说图书大厦里已经排了一百多人了,弄得我更心神不宁。

最后一个电话是我的同事打来的，上来就问我为什么耍大牌让读者等着，我说大厦不让我早去，我一直在外面眯着呢，他说你别废话快进来，电话就挂了。吓得我拎起包就往外跑，白花花在后面追，手里还举着个被拧出多一半的砖头色口红大喊："再涂点儿吗？"

刚过马路就看见一个小伙子扛个花篮，我特有眼力见儿地跑过去问："是送给我的吗？"他把花篮一递："你自己拿进去吧。"我当然没接，那显得咱多没身份啊，我几乎没停就跑进了图书大厦，已经有很多人了。

两个保安夹着我就到了一个光线很暗的角落，人群被几张桌子隔得很远，我尴尬地坐着，手不知道挠哪儿。其实我一点儿都不喜欢这样，我宁愿也混进人群跟他们一起扎堆儿。签售像候诊似的，几个读者几个读者往里放。我没签几本书，坐在我旁边的大厦服务人员就一个劲儿提醒我："如果读者不要求你写字你就别写了，那么多读者等着呢。"

后来又签了几本，人家还是嫌我慢，告诉我"不行就别写日子了，光写名字就行。"我像一个被时刻督促的盖戳机器，字都飞起来了，有一个大妈让我给"姗姗"写几句，我问是哪个"姗"啊？她战战兢兢地看着我旁边的人局促地说："哪个 SHAN 都行，你随便写，有个大概其就行。"她的一句话，让我非常内疚，本想跟她多说几句，但我仰起脸的时候她已经赶紧拿着书去了后面。

有读者笑着过来把一盒柴鸡蛋摆在我眼前："柔姐，吃鸡蛋！"

然后笑着走开，有读者轻轻地把几张小纸塞在我手里："我女儿给你做的书签。"有读者把塑料袋放在我的眼前用手指着里面的东西说："这两盒糖是给土土的，这个是给你的，这个是送白花花胖艳的，还有一张盘给你。"我感动的眼神还没收回，她已走了。

当我的手跟那些温热的手握在一起，当我微笑着把脸挤进他们的笑脸中，我想我是幸福的。听那些长者说："我们全家都喜欢你的文章。"我差点儿哭了，赶紧笑着把眼泪挤回去，我怎么受得起那将近两小时的等待。

当我把鲜花礼物一一摆在自己的桌上，然后习惯性地上网，发现读者已经早我一步把签售现场的报道挂在网上了。一个署名"伊蔚"的读者在网上留言说："王小柔，你不要因为我写了夸奖你的话就得意，希望你能多些动力（在你消极怠工的时候）把你的《妖蛾子》都得播出来；更希望你能始终如一地平民写作（在你名利双收的时候）隽永平和。读者真挚地爱着你，希望你也珍爱你的读者。"而此刻，我真想抓过你的手，告诉你，我会的，你放心。

几小时前在网上转悠，因为页面上正亮着百度搜索引擎，就输入自己名字进了贴吧，页面展开吓了我一跳，原本没几条帖子的地方如今已经三百多条，而且，吧主每天在那里守着，我用一晚上的时间看着他们的字，他们说自己的目标是让"王小柔吧"超过超级女声的人气，虽然有点儿孩子气，但每一句话都让我感动不已，当我看到那篇《爱她就请让她幸福》，忍了很久的眼泪终于掉下来了。

小凤说，爱太重担不起了吧，我点头。

读者做的一切我都不知道，我只是在我的角落里跟我相熟的几个人小打小闹，我以为生活就是这样简单。贴吧里的朋友在网上建了"鱼香肉丝"的QQ群，很多外地朋友聚集在那。他们，让我觉得这个秋天那么美，让我不敢怠慢，让我不能自已。

陷 入

XIAN RU

"陷入"这两个字一直停留在我电脑的屏幕上,很长时间,我对着它流泪。忽然就陷入这样的情绪里,不知道为什么难过,其实电话已经放下很久了。

下午的时候,MSN 的对话框弹了一下,一个久未在网上见过的 ID,她说她要消失一段时间,我在这面笑,因为她几年几年地消失,还常常说出国给我寄明信片之类的话,消失对于她对于我都是个空洞的词。但"消失"又一次从对话框跳出来的时候,我开始长舌妇般没完地追问,她说她不想让我知道,可是我觉得我得知道。然后,停顿了几分钟之后,她说"妈妈突然走了",我就像被一个铜钟罩住,耳边全是轰鸣。

我小心谨慎地敲出一行一行的话,用于安慰,我们都知道,这些字对于心灵而言毫无用处。我说,我的新书马上就出了,叫《还是妖蛾子》,如果你哪天从书摊走过,把它买下,序言里很多的话你熟悉，那是写给你的，你把书放在包里，算是我在陪你。我说，你随便消失多长时间无所谓，但一定要好好的，你有我的手机号，那号码不会变，如果闷了，短信或者电话，我都会出现，哪怕不说话，线路接通也是一种陪伴。这些话，不知道她看见没有，电脑显示"联系人没有联机"。然后，我的电话响了，哽咽，强忍着眼泪，吞咽着悲伤，她在说话，说这半个月来的感受，说一个人在空荡荡的屋子里，看见妈妈的衣服和平时用的东西，觉得所有的母爱再也无法报答的遗憾。她说她每晚无法入睡，只能长久地哭泣。

我依然在重复着我的安慰，直白的道理，鼓励她坚强，等待她重新在生活里复原。后来，是她咽着眼泪安慰我，她尽量地笑着，对我说："我是谁呀，没有什么挺不过去的事，只是，给我时间。"我听了，心里酸楚。她让我别担心她，然后，彼此在电话里干脆地"拜拜"，等着她消失后再回来。

放下电话，我的眼泪就开始从下巴上掉落，能听见眼泪破碎的声音。我想起，那个冬天，我一个人站在屋里，一切都消失了，温热的身体变成一盒骨灰，最爱我的外婆没有等我长大，甚至没有等到我初二最后一学期的成绩单。一周的长跪不起，也无法挽救内心的绝望。直到今天依然觉得那是绝望，因为无论你以后怎样出色，怎样努力，生命中的挚爱你都无法报答，这是惩罚吗？把所有的机会拿走。

所以，我坚守着父母在不远游的准则，我再也不想要绝望了，每天看着他们在我眼前，那是我最大的幸福。

农历七月十五据说是鬼节,晚上带土土出去玩,回来的时候马路两边都是烧纸的,土土问,他们点火是在干吗呀?我说,他们在用这种方式祭奠死去的亲人。晚上睡觉的时候,土土在黑暗里问我:"妈妈,人都会死吗?"我说是,他问:"那我呢?"他的眼睛黑亮,在我面前放着光,我不知道该怎么回答。最后只好说:"所有的人,都会离开这个世界,新的生命也会来到这个世界,时间停不下来,一直向前。"他好像听懂了,忧伤地抱着我的脖子,用小脸紧紧贴着我:"妈妈,咱们都不死行吗?"我伸手抱抱他:"好,我们一直在一起,相亲相爱到永远。"他高兴地笑了。傍晚的时候,我拿起电话,给这个从来没见过面的 ID 发了个短信。这样的朋友很独特,我们久不联系,只是最初误打误撞上的网友,总有一条线让我们把电话号码留在手机里,并以友情的名义发誓,绝不忘记你。

跟傻子赛（似）的

（后记）

文 / 白花花

对于生活，王小柔有她的追求，曾经的想法是把日子过成段子，而现如今，已经升华成为要"把日子过得特二"。

"'二'，不是数字，却是个特别得体的形容词。在我们小圈子的语境里，跟"扯"差不多。日子被我们扯来扯去，也显得二了。我们用这种朴实的精神抵抗时尚的诱惑，谁叫我们一没钱二没品位呢，不过，可贵的是，我们谁也不装，知道装也得露馅。……生活就像烙大饼，热火朝天地翻腾几下，扔出来，特香。都是饼，有人喜欢自己烙，有人愿意进有背景音乐的地方吃比萨饼，这是不同的喜好，而我，喜欢能扛时候的家常饼。"

王小柔常以小市民标榜自己，的确，如果你把她扔进三百个贫下中农堆里，用眼睛，你一准挑不出来哪个是王小柔，因为她外表特朴实，特善良，特平民。暴露其本质，必须严刑拷打。

她没生就伶牙俐齿，却一贯言语尖酸，她身边的朋友，像"阿绿、赵文雯"等人，都成了无辜的牺牲品，时不时就被提溜起来，东甩西甩，最后抡圆了扔出去二里地，还不准你喊疼。然后，她就大老远叉着腰站着，歪脖子看着你坏笑。

你这边摔得迷迷瞪瞪还没缓过神儿来，她又换上一套衣裳，表情深沉而又凝重，"尽管我大部分时间都在网上，其实我依然喜欢现实给我的踏实感，我喜欢电话里的声音，我喜欢跟你依靠在一起逛街或者坐在冰激凌店看人来人往，我喜欢推杯换盏，我喜欢叫嚣着说你跟傻子赛(似)的，我喜欢你走在我旁边的温度，我喜欢 ID 变成一个活色生香的宝贝。"说这话的时候，语调要倍儿煽情，而且一定要配上 MY HEART WILL GO ON 当背乐。这样才显得实诚。

事实上王小柔是个很乏味的人。跟她单独在一起的时候，她对我的品行一般没什么好印象，她最常说的一句话是："德行。"我当然不吃亏："你也看不出什么好人样。"然后各自沉默地该干吗干吗，一点儿不觉得冷落了对方，自然得就像朝夕相处的家人。

小柔在外人面前比较沉默，甚至有点儿木讷，她不擅长交际，似乎也不感兴趣，只在她认同的朋友圈子里，她"起哄架秧子"的本性才能淋漓尽致地暴露出来。朋友们都是性情中人，不太会伪装自己，这让大家显得都挺不着调，所以小柔写起来也就"扯"得够邪行。

小柔老拿"友情的最高境界"这种破词儿来作为她诋毁朋友的

借口，她觉得是朋友就得过这个。我们俩有一次因为同性恋的问题互掰扯了半天，谁都看不上谁；"白花花"这个名字是小柔拍板定下来的，她不顾我这个当事人的意愿，硬是广泛传播了出去，我很不满，不就没写过书吗？切，我还不稀罕写呢！"我们的胖艳"的胸口长了两疖子，多痛苦的一件事，她口诛笔伐了很长一段时间，好在胖艳是个厚道之人，也不计较。问题是她最近腿上也长了一个疖子，小柔的眼睛又活泛了，她没良心地说：你能不能长点儿别的新鲜东西？

"老徐"是朋友中最老实的一个人，但跟我们在一起，她也"无穷动"起来，跟我们一起钓鱼、看电影，在我们肆无忌惮的笑声中微笑、大笑，但还没到狂笑的没素质的地步。

小柔这人"护食"，她可以把朋友们说得一无是处，但谁都不能被外人欺负，不然后果很严重，所以这能理解，在野外跟一群陌生人玩分拨打仗的时候，她看到"敌人"不讲信誉地射击我们这些俘虏，急了，特别见义勇为地要上去拼刺刀，差点儿让场面演变成打群架性质。

偶尔小柔也有装淑女的时候，她在拍"个人写真"时，鸭舌帽、小坤包、口红都不伦不类地用上了，后来我看那些照片，要么回眸浅笑，要么抱树倩兮，要么倚车沉思，还有一张她居然躺在一堆黄叶中搔首弄姿，我笑得脸都变形了，然后把照片发在报社公共网里让大家瞻仰，那天，小柔都没好意思抬头见人。

喜欢小柔的人很多，其实我想，更多人喜欢的应该是她的文字，真实而不做作。事实上，小柔也是用最大的善意咂摸周围的人，只是对不熟悉的人，她不善于表达罢了。

而对我们来说，小柔是朋友们的一面镜子，甭管什么嘴脸在她那儿全现了,其实全都市民着呢,谁也别说自己高尚。做人可不能装,装了也露馅。我们不待见这个。

十面包袱
SHI MIAN BAOFU

十 面包袱

　　一年又一年,我听见季节交替着离开,我跟着眼睛选择的方向不停地拐弯。然后,在时间里目睹生活的真相,它像一面镜子,水银反着光把你的脸照亮。

朋友是我们在人生中用来取暖的炭。通风好的时候，不仅能让我们浑身充满暖意，还能照明。可通风不好的时候，我们就会中煤气。

十 面包袱

现在的人学聪明了,存保质期长、不长毛的东西,比如煤气、水、电、手纸、内衣、酒等等。无论我们是给别人,还是留着储备,买似乎不是为占便宜,而是为了踏实。大家都不愿当寒号鸟,家家都是小超市。

这两年持续热销的都是婚姻家庭类图书，这跟影视作品的衔接是分不开的。从这一点看，我们实在是太缺少故事了。打小我们就在练习写作文，但最后用在写文章上的心思少，斗心眼还行。

十 面包袱

出尔反尔也需要勇气。一个抽屉你总拉来拉去的还能把桌子晃悠散了呢。还有些人,说了不算都成习惯了,动不动就跟脑震荡过似的,眼睛一翻什么都不承认。可你想想,唐僧这一路不也光拿孙悟空开涮吗？分不清好坏人,念紧箍咒跟解闷似的。

要做一个有内在修养的人。一个人的修养是从多年的积累而来，表现出来的是从骨子里渗透出的那种隽永的特质而不是做作的一种行为。就像是汗水跟雨水——汗水是通过劳动和运动从人的身体里渗出来，而雨水则永远只能是雨水，它没有汗水的质地！

面包袱

年少时我一个同学,有一次为了给我送行,坐着火车连夜赶来,人家真的是旅途劳顿,我凌晨上船,跟她挥手致意。后来听说她实在太困了,居然一个人抱着膝盖坐马路牙子上睡到太阳出来,幸亏没遇见流氓,哪个女的能困成这样啊,跟被谁下了药一样。我困到急眼的时候,一般嘴里还有半句话人已倒地。

一个女孩（女人）如果不够漂亮，就要够可爱；如果不够可爱，就要够活泼；如果不够活泼，就要够开朗。我就是成天没心没肺大大咧咧的，长相不令人讨厌，如果长得不好，就得自己有才气，如果才气也没有，那就总是微笑。气质是关键，如果时尚学不好，宁愿淳朴。嗯，我就常常淳朴地微笑。

十面包袱

"二",不是数字,却是个特别得体的形容词。在我们小圈子的词语里,跟"扯"差不多。日子被我们扯来扯去,也显得二了。我们用这种朴实的精神抵抗时尚的诱惑,谁叫我们一没钱二没品位呢。不过,可贵的是,我们谁也不装,知道装也得露馅。

做女人的最高境界——家庭妇女，我正朝着这个终极目标一路小跑，跑得慢了我都恨不能抽自己俩耳光，怎么这么没用呢！

十面包袱

对于更多的网友,我们均熟悉彼此的ID,藏在那样一些莫名其妙匪夷所思的名字后面彼此诋毁互相犯贱并且爱如潮水不离不弃。因为有了这些人,城市与城市也不再陌生,因为你那儿下雨的时候我也在打着伞,我们无法并肩,但我们能千里婵娟。

我特别仰慕那些情感专家,自己把日子过得一团糟,却能给别人的情感困境指点江山,最可贵的是,还真有不少人上赶子问,可见大伙被情感折磨到什么地步。

十面包袱

等青春散场之后，我们去往了不同的城市，也再没有人会在一个冬日或者夏夜惊慌失措地依偎在一起谈论吸血鬼。我们成熟了，成熟到了不相信任何人，面对屏幕，内心不再有慌张和恐惧，甚至连生活都很难使我们步伐凌乱，我们从容得近乎麻木。

咱们玩的这套叫砸挂，砸掉一些生活浮面的机巧、虚荣和妄想，留下一点安稳、真相和智慧。当你看懂了世情万象，会获得一种特别的勇气，让人在酣畅之外，还能露出一点不那么显眼的坏笑。

十面包袱

这年头,甭管男女,真是胸有多大舞台就有多大,根本就没人觉得会丢人。

足球比赛没劲女的没劲,尤其当优秀球队败北,你再看看台上那些女的,泪水从那些美丽的绝望的眼中溢出,她们牙齿咬着手指(就像咬着别人的),似乎已用尽了全身力气抑制哭泣,她们不是名模、不是球星的女友,只是普通的女球迷,她们的眼泪让足球比赛充满柔情和一股子酸劲儿。

十面包袱

蛤蟆最大的悲哀就是它在井里却仰着脖子总看天,那眼神里不但没有绝望居然还有憧憬。它想吃天鹅肉是自己的理想,谁都没理由剥夺一只蛤蟆整天吃饱喝足后去梦想的权利。更多的时候,我们就是那只蛤蟆。

小市民不是贬义,是一种鲜活的生存状态。我喜欢傍晚坐在闲聊的老人身边听他们讲过去的事,听他们抱怨,听他们调侃,手里缓慢转动的核桃,怀里的蛐蛐,一盘棋的残局,光阴里最平凡的日子。

十面包袱

我挺害怕那种假模假式的场合,女的都跟要上颁奖仪式似的,穿得像响尾蛇,稍微一动,身上就哗啦哗啦响,但凡有点光,她就能给折射出去,自己一律露着大腿和肩膀,特高贵地迎着所有人笑。而男的一个个都赛企鹅似的,整个就是台动物世界。

厕所这地方是坚持性别意识的最后净土。它生逼着你站在那扇小门前给自己归类，非男即女，没有中性这一说。你要迟疑，干脆憋着回家。

面包袱

天津的"狗食馆"可不是一般的牛,马路边一个倍儿破的小门脸,没服务生给你掀门帘鞠躬,爱进不进,板凳都在外面摆着,屋里桌子都粘手,苍蝇要一不小心落上面,再想走都得自己先闷头把腿掰下去。

要搁我，这几下浑身都得青了，人家老太太撞得还挺陶醉。树直晃悠她还跟其他人聊天，我都怕她收不住神功再把树给劈了。这树也不用担心长虫子了，即便有虫子早晚也得给磕出来，整天地动山摇的，虫子也不傻，谁在这住得下去啊，再得了脑震荡。

十面包袱

我特别羡慕那种家里带游泳池的大庄园,以前只在老外的电影里见过。但随着房地产商一窝蜂似的为富人服务那干劲儿,我还真见识了在楼顶子上安游泳池的。没泳道,整个就一戏水池子,也不知道夏天招不招蚊子。

我的生活就是这样，挑剔得像个贵族，其实骨子里是个小市民，学着过高级的生活还经常露怯，可是我喜欢这样。跟朋友们交流一下露怯的趣事也是我经常龇牙大笑的理由。

十面包袱

什么叫职业化,就是要像宫廷戏里的太监,皇上说什么你都得撅着屁股甩一甩袖子,然后说"喳",答应得要干脆、真诚、别无二心。

人家都说有丑男无丑女,女的好歹打扮打扮就能看得过去眼儿,可现在的女的对自己越来越刻薄,幸亏一人就一张脸,这要跟魔方似的好几面还不得忙乎死。

十面包袱

婚外恋就是打着"爱情"的旗号,行"坑蒙拐骗"之实。现在流行这个。

大夫噼噼啪啪把我拍了一遍,声音真是各有不同,她告诉我胃消化不好,肠子不太蠕动,心脏跳动缓慢。然后嘎巴嘎巴把我浑身骨头掰了一遍,听着那打我身体里发出的动静,真跟听狼叫一个反应,心虚。我们的亚健康其实是那么明显,居然连声音都变了。为了让肉变脆,我打算运动啦!

十面包袱

多数的错与失,是因为不努力,不坚持,不挽留,然后催眠自己说一切都是命运,告诉自己要随缘而不要攀缘。当你放手的一刻,其实,再深的缘分真的就离你而去了。这年头儿,见缝插针的人大有人在啊。

所谓三Z是指姿色、知识、资本。美貌当然是三Z们最重要的基础设施,加上满是外文的学历证和银行里一辈子不愁吃喝的钱,人家压根就没像咱似的庸俗地指望靠婚姻解决家里的住房问题。

咱们玩的这套叫砸挂，砸掉一些生活浮面的机巧、虚荣和妄想，留下一点安稳、真相和智慧。当你看懂了世情万象，会获得一种特别的勇气，让人在酣畅之外，还能露出一点不那么显眼的坏笑。